© 윤관희

문지혁

2010년 단편소설 「체이서」를 발표하며 작품 활동을 시작했다. 장편소설 『중급 한국어』 『초급 한국어』 『비블리온』 『P의 도시』 『체이서』, 소설집 『우리가 다리를 건널 때』 『사자와의 이틀 밤』 등을 썼고 『라이팅 픽션』 『끌리는 이야기는 어떻게 쓰는가』 등을 번역했다. 대학에서 글쓰기와 소설 창작을 가르친다.

초급 한국어

초급 한국어

오늘의 젊은 작가 30

문지혁
장편소설

민음사

차례

나의 모국어,

어머니께

1

코리안 알파벳

자음 Consonants

모음 Vowels

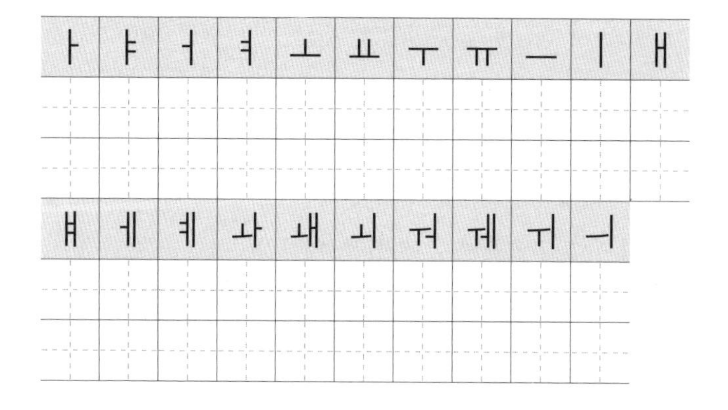

1

2012년 여름에 나는 몇 가지 중요한 변화를 겪었다. 미국에서 두 번째 대학원을 졸업했고, 새 직장을 얻었으며, 7년 사귄 여자친구와 헤어졌고, 방이 하나인 집으로 이사를 했다. 하나하나의 변화가 다 감당하기에는 너무 커서 어리둥절한 순간이 많았지만 그러는 동안에도 시간은 천천히, 그러나 세금처럼 확실하게 흘렀다. 내일, 또 내일, 또 내일. 시간은 날마다 아주 느린 속도로 기어서 기록된 마지막 음절에 다다른다는 『맥베스』의 대사를 일기 어딘가에 적어 놓고 잊어버렸다. 그때는 내 미래가 어떤 식으로 펼쳐질지, 어떤 글자에 가닿을

지 짐작도 하지 못했다. 『맥베스』의 다음 대사가 이렇게 이어진다는 걸 몰랐던 것처럼.

소리와 분노만 가득하고 아무 의미도 없는 바보 천치의 이야기, 그게 바로 인생이야.

2

7월 15일 일요일 저녁, 북부 뉴저지 잉글우드 그랜드 애비뉴 이층집의 원베드에 짐을 풀어 놓으면서 나는 언젠가 내가 이 순간을 가슴 벅차게 기억할 거라고 생각했다. 한국을 떠나온 지 1년 6개월 만에, 나는 어떤 성공을 거두고 있는 것처럼 보였다. 아메리칸드림이 사라진 시대에도 누군가는 꿈을 이룰 수 있구나. 우쭐한 나머지 그렇게 생각했던 것 같다. 첫 수업에 들어갔을 때만 해도 졸업이 요원해 보였던 대학원을 3학기 만에 논문까지 써서 졸업하고, 근처에 있는 다른 대학 동아시아 학과에서 한국어와 한국 문화를 가르치는 강사로 일하게 되었다는 사실이 믿기 어려울 정도로 기뻤다.

이사를 도와준 교회 청년들과 근처 한국 식당에 가서 새우가 들어간 순두부찌개를 먹고 카페로 옮겨 케이크와 커피를 마시며 수다까지 떤 다음, 집으로 돌아와 나머지 짐을 정리했다. 부엌 옆에 조그마한 다이닝 룸이 있어 스튜디오에 살 때는 다소 커 보이던 이케아 식탁이 맞춘 듯이 들어갔다. 나는 학교 컴퓨터 매장에서 교직원 할인을 받아 산 999달러짜리 맥북 에어를 펼치고 직접 조립한 나무 의자에 앉았다. 밖을 내려다보니 공동으로 사용하는 정원과 가로등 밑에 하얗게 빛나는 2010년형 폴크스바겐 골프가 보였다. 밤은 고요했고 이따금 벌레 소리와 스치듯 멀어지는 자동차 소리만 들렸다. 갓 시작된 여름을 예고하는 푸릇한 냄새 같은 것이 났다. 나는 사 놓고 오랫동안 아껴 두었던 20달러짜리 와인을 꺼내 그 밤을 기념하기로 했다.

강의를 시작하는 9월까지는 아직 한참 남아 있었기 때문에 나는 조금 들떠 있었다. 처음 주어지는 여름이나 다를 바 없었다. 이 여름을 어떻게 보낼 것인가. 매번 다음 학기 준비와 학비 문제로 골머리를 앓던 이전의 방학과는 다를 것이었고, 달라야만 했다. 나는 애틀랜틱시티나 보스턴, 더 크게는 플로리다나 뉴햄프셔, 나이아가라까지 가는 여행을 계획하며 혼자서 즐거워했다. 처음으로 방학다운 방학—아니 이제는 더 이상 학생이 아니니 방학이란 단어는 맞지 않는다—이자 휴가다운 휴가를 보내게 되는 것 아닐까 하는 기대였다.

와인을 반쯤 비웠을 무렵, 메인주의 사립 고등학교에서 역사 교사를 하다가 그만두고 뉴햄프셔주의 대학교에서 나처럼 뒤늦게 대학원을 다니고 있던 W에게 충동적으로 전화를 걸었다. 새 대학에서 강사로 일하게 됐다는 소식을 전하고 여름에 며칠 가 있어도 되겠냐고 물었다. 그럼, 너는 언제나 환영이지. 들떠 있는 나와 달리 W는 다소 지친 목소리로 말했다. 그는 고등학교 때 미국에 건너와 외국인으로 15년 이상을 살아온 전형적인 1.5세였는데, 그래서인지 대화를 하다 보면 이게 한국말인지 미국말인지 헷갈릴 때가 있었다. 전화를 끊고 나자 나의 들뜸과 대비되는 그의 차분함이 혀끝을 맴도는 와인의 탄닌처럼 썼다. 양치를 하고 침대에 누웠을 때 탄닌은 사라졌지만 그의 말은 사라지지 않았다. 나는 잠들 때까지 그가 했던 말을 영어로 옮겨 몇 번이나 중얼거렸다. You are always welcome. You are always welcome.

3

아주 오래전에 비슷한 전화를 받은 적이 있다. 1995년이었고 나는 고등학교 1학년이었다. 외국어 고등학교에 들어가 유학을 다녀온 다음 국제 변호사가 되겠다는 야무진(그러나 반 아이들 중 절반 이상이 동일하게 가지고 있던) 꿈을 갖고 있던 때였는데, 어느 날 중학교 동창 W에게 전화가 왔다. 그는 들뜬 목소리로 미국에 유학을 가게 되었다고 말했다. 외고도 아니고, 영어 공부도 내가 더 열심히 한 것 같은데, 나보다 그가 먼저 훌쩍 떠나 버린다는 말에 마음속에서 조그맣게 뭔가가 무너졌다. 전화를 끊으며 내가 그에게 어떤 말을 했는지는 기억나지 않는다. 나는 뭐라고 말했을까? 그의 행운을 빌어 주었을까? 잘 가. 그래, 아마 그랬을 것이다. 1995년의 나는 그에게 잘 가라고, 행운을 빈다고, 그렇게 말해 주었을 것이다. 2012년의 그가 나에게 환영한다고 말하는 것처럼. 17년이라는 시간을 사이에 둔 이 두 장면의 연결은 그 순간 나에게 깊이 각인되었지만, 나중에 모든 것이 끝나고 그와 다시 연락했을 때 나는 그에게 끝내 이 이야기를 하지 못했다.

4

Everyone has a plan until they get punched in the mouth.

일찍이 마이크 타이슨은 말했다. 누구나 얻어터지기 전까지는 계획이란 걸 가지고 있다고. 나 역시 문제가 터지는 데는 오래 걸리지 않았다. 새로운 대학에서 강사 일을 하기 위해 신청한 EAD(Employment Authorization Document) 카드 발급에 제동이 걸린 것이다. 외국 국적을 가진 학생의 경우 대학원을 졸업하면 OPT라는 이름으로 자신의 분야에서 1년간 일을 할 수 있도록 해 주는데, 이를 승인하는 학교와 미국 이민국(USCIS)에서 두 가지를 문제 삼았다.

1. 여권과 학교 문서 이름의 철자가 왜 다른가?

2. 대학원 전공인 인문사회학과 한국어 강사 사이에 어떤 연관성이 있는가?

1은 내 이름이 각각 'Ji Hyuck Moon'과 'Jihyuck Moon'으로 표기되어 있었기 때문이었다. 띄어쓰기를 어떻게 설명해야 할까. 원래 한글에는 띄어쓰기가 없었다고, 19세기 말 조선에 들어온 선교사가 임의로 만들어 낸 규칙으로 인해 7700만 명의 한국어 사용자가 고통받고 있는 거라고 설명해야 할까? 'Hyuck'이 미들네임인지 아닌지 어떻게 설명할 수 있을까. 고민 끝에 나는 이렇게 썼다. 'Hyuck'은 제 미들네임이 아닙니다. 한국에서는 미들네임이 아니라도 이름과 이름 사이에 간격을 넣을 수 있습니다. 학교 문서에는 시스템상 이름 사이에 여백을 둘 수 없어 그렇게 적을 수밖에 없었던 것이고요. (그리고 치트키) 말하자면 이것은 '문화의 차이'입니다.

2는 설명하기 쉬운 것 같기도 하고 어려운 것 같기도 했다. 솔직히는 아주 간단히 말하고 싶었다. 난 한국 사람이니까, 한국어를 가르칠 수 있다고요. 그걸 연결 짓는 게 그렇게 어려운 일인가요? 하지만 새로 만난 한국어 프로그램 코디네이터 선생님의 조언대로 나는 지난 1년간 내가 NYU에서 어떻게 코리안 랭귀지 튜터/그레이더로 일했는지, 주말마다 뉴저지의 한글 학교에서 어떻게 초등학교 아이들을 가르쳐 왔는지, 그리고 작가가 되려는 내 이력이 어떻게 한국어에 관한 내 애정과 관심을 설명할 수 있는지를 자세히 썼다.

그때는 이 모든 과정이 외국인으로 일하기 위해 앞으로도 계속해서 끊임없이 겪어야 하는 과정이라는 것을, 당연히 알지 못했다.

5

내가 다니는 교회에서는 대체로 축하하는 분위기였지만, 그렇지 않은 사람들도 있었다. 예배가 끝나고 예배당 옆에 붙은 체육관에서 점심으로 나온 국밥을 먹고 있는데 누가 말을 걸었다. 청과물 가게로 엄청난 돈을 벌었다고 알려진, 이제는 골프 치고 여행 가고 교회 다니는 것을 유일한 낙으로 삼은 할아버지 장로님이었다. 그는 한국식으로 담근 겉절이를 국밥 국물에 씻어 입에 넣으며 말했다.

“취직했다고? 이제부터가 진짜 시작이구먼. 유학생으로 산 거는 다 헛거야. 미국 생활의 에이비시부터 다시 배워야 할 거라고. 에이비시. 알어?”

6

첫 강의가 며칠 남지 않았을 무렵 학과 사무실에서 이메일이 도착했다. 서명할 일이 있으니 사무실에 나오라는 내용이었다. 특별한 일이 없을 때 뉴욕 시내에 나가는 건 내키지 않는 일이었지만(왕복 버스비, 낭비되는 시간, 끔찍한 관광객들 사이에 섞여 원치 않은 사진의 배경이 되는 일) 이번만큼은 발걸음이 가벼웠다. 담당자는 소피아라는 이름의 인도계 미국인이었는데, 만나 보니 그녀의 영어는 인도 억양이 너무 강해서 반쯤은 알아듣기 어려웠다. 어쨌든 핵심은 서명이니까, 나는 그녀가 내민 서류를 한번 훑어보고 사인을 했다. 서류에는 한 학기 동안 한 과목을 강의하고 내가 받게 될 임금의 총액이 적혀 있었다. 대략 만 달러가 조금 넘는 액수였다. 서명을 받자 소피아는 서류를 자신의 파일함 속에 집어넣었다.

올셋?

내가 묻자 그녀는 안경을 조금 내려 나를 힐끗 쳐다보더니

고개를 끄덕였다.

건물을 빠져나오자 조금 허무해졌다. 나오는 데 한 시간 반이나 걸렸는데, 볼일은 5분 만에 끝나 버리다니. 12번가에 있는 스트랜드 중고 서점에 가 볼까. 소호 쪽으로 걸어가서 쇼핑이라도 할까. 미드타운으로 올라가 박물관에 가 볼 수도 있지. 나올 때는 이런저런 계획이 있었지만 막상 시간이 나자 모든 것이 귀찮아졌다. 대학원 시절 자주 가던 도서관 근처의 카페로 가서 일단 자리를 잡았다. 시원한 아이스라테를 마시니 정신이 좀 들었다.

아까 서명했던 서류 생각이 났다. 그래, 그건 계약서였다. 한 학기 동안 이 학교가 나를 고용하겠다는 약속이 담긴 문서. 내 수업 정원은 20명이었고, 수업은 매일 75분씩 일주일에 월화수목 나흘을 진행하는 4학점 짜리였다. 2012년 기준으로 이 대학교의 한 학점(credit) 수업료는 1200달러. 학생들은 이 수업을 듣기 위해 4학점, 그러니까 4800달러를 지불해야 한다. 20명이 내는 총액은 9만 6000달러. 수업당 거의 10만 달러, 1억 이상의 돈이 모이는 셈이었다. 거기서 나에게 만 달러를 주고 나면 나머지 9만 달러는 어디로 갈까? 나는 유리잔에 희뿌연 얼음만 남을 때까지 곰곰이 생각했다. 그리고 나중에 교실의 컴퓨터나 중앙냉난방, 프로젝터 같은 시설이 제대로 작동하지 않을 때마다 사라진 9만 달러의 행방에 관해 의심했다.

7

한국에는 일주일에 두 번 정도 전화를 걸었다. 화상 통화는 서로 불편해서 하지 않았고 국제 전화 카드를 사서 돈을 충전해 두고 썼다. 전화는 주로 엄마가 받았는데, 대개 내 근황을 보고하고 거기에 엄마가 이런저런 잔소리를 더하는 식이었다. 당시 엄마의 불만은 내가 졸업식도 못 오게 했으면서 여름에 한국에 들어오지 않은 거였고, 내 불만은 졸업과 취업이라는 성취에 대해 가족들이 충분한 인정과 칭찬을 해 주지 않는 거였다. 속내가 다르니 대화는 자연히 겉돌 수밖에 없었다. 개강 전 마지막으로 전화를 걸었을 때 엄마의 목소리는 지쳐 있었다.

— 왜 그래, 무슨 일 있어?

— 아니.

— 근데 목소리가 왜 다 죽어 가. 신경 쓰이게.

— 그냥 추워서 그래. 추워서.

— 여름인데 왜 추워. 덥지.

— 몰라 나도. 왜 그런지.

한동안 침묵이 이어졌다. 나는 강의 잘하라고, 네가 참 자랑스럽다고 엄마가 말해 주길 기다렸지만 엄마는 먼저 전화를 끊으며 한숨처럼 덧붙였다.

— 오늘은 왜 이렇게 춥니.

2

안녕하세요?

8

방학은 금세 지나가고 개강이 다가왔다. W에게 놀러 가는 것을 포함해서 여름에 하리라고 계획했던 것들은 거의 하지 못했다. 그도 그럴 것이 나는 한 번도 한국어를 가르친 적이 없어서 처음부터 다 배우고 공부해야 했기 때문이었다. 학과에서 정해 준 교재를 읽고 또 읽으며 수업 자료와 PPT 슬라이드를 만들었다. 한글과 한국어가 원래 이랬나 싶은 부분들이 많았다. 그중에서도 나를 가장 곤혹스럽게 만든 것은 'palatalization'이었는데, '구개음화'라는 뜻도 난감했지만 무엇보다 발음이 제대로 되지 않았다. 한국어로도 구개음화가 뭔지 제대로 모르는데 이걸 영어로 설명할 수 있을까?

구개음화 [口蓋音化, palatalization]

(명사)

[언어] 구개음이 아닌 'ㄷ', 'ㅌ' 같은 자음이 뒤따라 오는 모음 'ㅣ' 혹은 'ㅣ'로 시작되는 이중 모음의 영향을 받아 구개음인 'ㅈ', 'ㅊ' 등으로 바뀌는 현상을 말한다.

[원인] 혀의 움직임을 적게 하여 소리를 조금 더 쉽게 내기 위해서.

[예시] '굳이' → '구지'

사전에 나와 있는 유의어 '입천장소리되기'에 이르자 나는 진지하게 이 잡을 포기해야 하는 게 아닌가 하는 성급한 결론에까지 도달했다. 하는 수 없이 컴퓨터에 같은 발음을 무한 반복 시켜 놓고 영어로 설명을 써서 통째로 외우기로 했다. 팰러털러제이션, 팰러털러제이션, 팰러털러제이션…… 양을 부를 땐 몇백 마리를 불러도 오지 않던 잠이, 팰러털러제이션은 몇십 번 부르지도 않았는데 문을 부수고 찾아왔다.

학과에서 아침 8시 수업을 배정해 주는 바람에 나는 집 앞 정류장에서 6시 30분 버스를 타야 했다. 새벽이었지만 아직 여름의 열기가 남아 있는 9월이었다. 나는 NJ 트랜싯 버스를 타고 맨해튼 42가의 포트어소리티 버스 터미널에 내린 다음, 다시 A선 지하철을 타고 아래로 내려갔다. 크지 않은 학교는 맨해튼 남쪽 끄트머리에 있었다.

수업이 진행되는 건물의 이름은 ACC. 알고 보니 이 약어의 뜻은 '학술문화센터(Academic and Cultural Center)'였다. 미국 대학의 건물에는 주로 사람 이름이 많이 붙는데, 대부분 그 건물 지을 돈을 낸 사람들인 경우가 많았다. 그렇다면 이 건물은 학교 돈으로 지은 건가? 이런 거창한 이름을 지닌 빌딩에서 열리는 수업들이 — 내 수업을 포함하여 — 얼마나 학생들을 학술적이고 문화적인 삶으로 인도해 주었는지는 잘 모르겠다. 다만 내가 기억하는 것은 한 가지. 이 건물 앞에 늘상 서 있던 작은 초록색 푸드트럭이다.

이 푸드트럭에서는 중동계로 보이는 사내가 이것저것을(이렇게밖에 표현할 수 없다) 팔고 있었다. 첫 수업 때 우연히 그랬던 이후로 나는 늘 수업에 들어가기 전 그에게 들러 커피 한 잔을 사곤 했는데, 커피 값은 75센트였기 때문에 대개는 1달러를 건네고 우리가 모두 알고 있는 교과서 표현, '킵 더 체인지'라는 말을 덧붙였다. 그럴 때마다 그는 한쪽 눈을 찡긋하며 나에게 축복의 말을 건넸다.

"갓 블레스 유, 마이 프렌드."

9

수업에 들어온 학생은 모두 스무 명이었다. 안녕하세요 하고 한국어로 인사를 건넸지만 예상대로 아무도 대답하지 않았다. 1교시인 데다 학기가 시작하는 첫 월요일이어서인지 학생들의 표정은 밝지 않았다. 게다가 말 그대로 초급 수업이었기 때문에 한국어를 전혀 모르는 학생이 대부분이었다. 나는 준비해 온 수업 슬라이드를 띄우고, 칠판에 크게 내 이름을 영자와 한글로 적었다. 목소리가 조금 떨려 나오는 게 느껴졌다.

Ji Hyuck Moon

문지혁

그리고 옆에 오늘 배울 인사말을 적었다.

Welcome!

안녕하세요. Annyeonghaseyo.

Nice to meet you.

반가워요. Bangawoyo.

반갑습니다. Bangabseubnida.

만나서 반가워요. Mannaseo Bangawoyo.

이제 일주일에 네 번, 월화수목 오전 8시부터 9시 15분까지 이 학생들은 한 사람당 하루에 약 75달러를 내고 한글과 한국어를 공부할 것이다. 2주 후에는 한글의 자음과 모음을 모두 외우게 될 것이고, 인사말과 자기소개를 하게 될 것이며, 학기가 끝날 즈음에는 다음과 같은 문장을 말하고 읽고 쓰게 될 것이다.

여기서 광화문까지 어떻게 가요?

10

코리안 헤리티지를 가진 학생, 그러니까 부모가 한국인이거나 가족 중에 한국계가 있는 학생은 전체의 3분의 1 정도였다. 이름은 다양해도 성을 보면 대강 짐작할 수 있었다. 일본이나 중국 배경의 학생들도 있었다. 역시 이해 가능했다. 궁금한 건 나머지 학생들이었다. 이름도 외모도 배경도 한국과는 전혀 무관해 보이는 이들. 그들은 여기 왜 왔을까?

11

첫 수업의 목표는 가장 기본적인 인사말을 가르치는 거였다. 나는 '반가워요, 반갑습니다, 만나서 반가워요' 부분은 일찌감치 포기하고, '안녕하세요'만 제대로 알려 줄 수 있다면 성공이라고 생각했다. 이것도 제대로 사용하려면 세 가지 표현을 알아야 했다.

안녕하세요? Annyeonghaseyo?

안녕히 계세요. Annyeonghi Gyeseyo.

안녕히 가세요. Annyeonghi Gaseyo.

발음을 몇 번씩 따라 하게 한 다음에 학생들에게 영어로 뜻을 설명해 주었다. '안녕하세요'는 가장 보편적이고 일반적인 인사예요. 누군가를 만나면 하루 중 언제라도 쓸 수 있지요. 하지만 헤어질 때는 상황에 따라 두 가지로 나뉩니다. 만약 상대방이 머물고 당신이 떠난다면 '안녕히 계세요.'라고 말해야 하고, 반대로 당신이 머물고 상대방이 떠난다면 '안녕히 가세요.'라고 말해야 합니다.

그러자 학생 중 하나가 손을 들고 영어로 물었다.

"정확한 뜻이 뭐죠? 좀 길어 보이는데."

나는 화이트보드를 물끄러미 바라보다가 다가가서 그 옆에 뜻을 적었다.

안녕하세요? Annyeonghaseyo? → Are you in peace?

안녕히 계세요. Annyeonghi Gyeseyo. → Stay in peace.

안녕히 가세요. Annyeonghi Gaseyo. → Go in peace.

뜻을 다 쓰기도 전에 학생들 사이에서 웅성거림과 함께 동요가 일었다. 몇몇은 소리 내어 웃음을 터뜨리기도 했다. 내가 뭔가 잘못 말했나요? 당황한 티를 내지 않으려 노력하며 나는 물었다. 시간이 지날수록 영어는 더 꼬여 혀끝에서만 맴돌고 있었다. 얼굴이 조금씩 따뜻해지는 게 느껴졌다.

질문했던 학생이 말했다.

"그런 말을 일상에서 한다고요? 「스타워즈」에서 요다가 할 것 같은 말인데. '평안하냐?'"

반쯤 누운 자세로 의자에 앉아 있던 그가 우스꽝스러운 목소리로 '아 유 인 피스?'라고 발음하자 나머지 학생들이 모두 웃었다. 그제서야 나는 이 학생들에게 내 번역이 얼마나 황당하게 들릴지를 희미하게 짐작할 수 있었다. 하지만 틀린 건 아니었다. '안녕'을 달리 어떻게 번역할 수 있단 말인가?

"하이나 헬로처럼 단순한 건 없나요?"

다른 학생이 물었다. 나는 반사적으로 있지요 하고 답했다.

"안녕. Peace."

학생들이 책상을 두드리며 웃었고, 내 얼굴은 마침내 완전히 빨개졌다.

12

한국어는:

—동아시아의 언어로 남한과 북한의 공식 언어이며 세계적으로 약 7700만 명이 사용한다.

—'엄마', '하늘' 같은 35퍼센트의 고유어(native words)와 '학생', '대학' 같은 60퍼센트의 한자(Sino-Korean), 그리고 '커피', '버스' 같은 5퍼센트의 외래어(loanwords)로 이루어져 있다.

—영어는 주어+동사+목적어(SVO) 순으로 말하지만 한국어는 주어+목적어+동사(SOV) 순으로 말한다.

—상황 중심의 언어이기 때문에 주어와 목적어가 자주 생략된다. 영어는 'I love you.'라고 말해야 하는 반면, 한국어는 '사랑해요.'라고 말할 수 있다.

—큰 것에서 작은 것으로(macro-to-micro) 말하는 언어다. 그래서 이름은 가족의 성이 개인의 이름보다 먼저 오고(홍길

동), 날짜는 연-월-일 순으로 표기하며(2012년 9월 5일), 주소는 큰 지명이 먼저 온다(대한민국 서울특별시 종로구 삼청동 52-1). 작은 것에서 큰 것으로 말하는(micro-to-macro) 영어와는 정반대다.(개인의 이름 먼저, 날짜 표기는 일-월-연, 주소는 작은 지명부터)

— 한국어의 알파벳인 '한글'은 조선의 세종대왕과 학자들이 창제하여 1446년 반포했다.

— 현대 한국어에는 열네 개의 자음과 열 개의 모음이 존재한다.

— 존댓말과 경어가 다양하고 복잡하다.

13

첫 수업이 어떻게 끝났는지 모르게 끝났다. 내가 기억하는 것, 어쨌든 마지막으로 내가 한 말은 '안녕히 가세요.'였다.

14

수업이 끝난 뒤 교실이 있는 층의 로비로 나와 소파에 아무릎게나 앉았다. 시간은 이제 겨우 아침 9시 15분이었지만 밤 9시 15분이라도 된 것처럼 피곤했다. 겉면에 '폴랜드 스프링'이라고 적힌 생수를 마시면서 꺼 두었던 핸드폰를 켜니 부재중 전화가 여럿 와 있었다. 아직 스마트폰을 쓰지 않을 때라서 모든 이름은 영어로 저장되어 있었는데, 그중에는 'JIHYE'라는 이름으로 저장된, 한국에서 온 여동생의 전화도 있었다.

여동생과는 대화를 하면 결국 싸우게 되기 때문에(그리고 그걸 서로가 너무나 잘 알고 있기 때문에) 되도록 말을 오래 섞지 않으려고 했다. 미국에 온 지 햇수로 벌써 2년이 되었지만 지혜가 나에게 직접 연락을 한 건 다섯 번도 채 되지 않았다. 'Missed Call' 아래 대문자로 떠 있는 그녀의 이름은 내가 알지 못하는 불길한 징조처럼 보였다. 나는 망설이다가 발신 버튼을 눌렀다.

— 왜 통화가 안 돼.

첫 마디부터 그녀의 목소리는 피곤하게 들렸다.

— 나 강의 시작했잖아. 엄마한테 못 들었어?

늘 이런 식이지. 하나밖에 없는 오빠 사정에는 관심도 없으니. 괜히 울컥해서 짜증이 났다. 가족이라고 해서 내 일거수 일투족을 다 알아 줘야 하는 건 아니지만, 그래도 잘 지내고 있냐고 먼저 물어봐 주는 게 자연스러운 것 아닌가? 멀리 혼자 떨어져 사는 사람한테? 내가 동생에게 너무 많은 걸 바라는 건가?

하지만 수화기 너머에선 한동안 말이 없었다. 시끄러운 로비가 점차 조용해졌다. 나는 그녀의 침묵이 불안했다. 바깥의 소리 대신 내 몸의 장기들이 내는 소리가 점차 커져 가는 게 느껴졌다. 동생이 입을 열기도 전에 나는 들어서는 안 되는 무언가를 들어 버린 것만 같았다.

— 엄마가 쓰러졌어. 뇌졸중이래.

지혜가 말했다.

15

문지혜는 어릴 때부터 질투가 많은 아이였다. 그걸 질투라고 부를 수 있는지는 잘 모르겠지만, 아무튼 내가 하는 거라면 뭐든 자기도 해야 하는 타입이었다. 아버지가 최근까지도 반복해서 얘기하는 일화는 다섯 살의 내가 친척 모임에서 「연못가에 자라는」이라는 어린이 찬송가를 불러 칭찬을 받자 그날 밤 자다 깬 문지혜가 대성통곡을 하며 그 노래를 따라 불렀다는 이야기다. 물론 당시 세 살이었던 그녀는 발음조차 제대로 하지 못해 부모의 마음을 아프면서도 안쓰럽게 했다.

연모까에 자라은. 한 쏘이 빼카. 동생은 이 부분만 계속 반복하다 결국 눈물 콧물 범벅이 되어 다시 쓰러져 잤다고 한다. 희미한 내 기억에도 어릴 적 문지혜가 가장 많이 했던 말은 이거였다. 찌애도 할 뚜 있떠. 찌애도 할 뚜 있떠.

그런 문지혜도 나처럼 하고 싶지 않은 게 하나 있었으니 그건 바로 한글을 배우는 거였다. 국민학교 교사였던 외할머니는 집에 올 때마다 나와 동생을 붙들고 한글을 가르쳤는데, 착실히 배운 나와 달리 지혜는 한글이 싫었던 건지 외할머니가 싫었던 건지(혹은 둘 다였는지) 울며불며 피해 다녔다. 외할머니도 깐깐한 성격으로 치면 어디 가서 빠지지 않는 분이라, 아이를 달래기는커녕 이렇게 협박했다. 너 그러다 나중에 커서 똥 푼다! 그러면 문지혜도 지지 않고 대꾸했다. 나 똥 푸꼬야!

초등학교 때는 이런 일도 있었다. 시와 그림을 함께 쓰고 그리는 시화 경시대회라는 게 있었는데, 당시 1학년이었던 나는 열심히 쓰고 그렸지만 아무런 상도 받지 못했다. 시간이 흘러 두 살 아래인 지혜가 1학년이 되었을 때, 똑같은 시화 경시대회에서 그녀는 대상을 탔다. 3학년으로 같은 학교를 다니고 있던 나는 약간의 질투와 놀라움 속에서 친구들과 함께 수상작들을 전시하는 강당에 가 대상작을 구경했고, 그 앞에서 당황하지 않을 수 없었다. 거기엔 내가 2년 전 썼던 시가 그대로 붙어 있었기 때문이었다.

구름은 구름은
하나님의 솜사탕

구름은 구름은
천사들의 자동차

나는 얼어붙은 것처럼 서서 내 것과 다른 점을 찾으려고 애썼다. 하지만 내가 소심하게 그렸던 구름과 하나님의 얼굴이 더 크고 분명하게 그려진 것, 하나였던 천사가 둘이 되고 흐릿했던 하늘색 자동차가 붉은색이 된 것 말고는 모든 게 똑같았다. 표절이라는 단어는 몰랐지만 어렵지 않게 알 수 있었다. 지혜가 내 걸 베꼈다! 나는 하루 종일 멍하게 있다가 집에 돌아와 문지혜를 보자마자 따졌다. 야, 너 내 거 베꼈지. 문지혜는 눈을 똑바로 뜨고 대답했다. 아니. 그 애가 그렇게 대답하자 나는 어쩐지 울고 싶은 기분이 되었다. 울면 지는 거라는 예감도 동시에 들었다. 나는 이를 악물고 말했다. 구름은 구름은 그거 니가 쓴 거 아니잖아. 지혜는 무심하고 무해한 표정으로 나를 한동안 바라보더니 말했다.

오빠 거는 상 못 받았잖아.

우리는 남들과 크게 다르지도 별나지도 않은 사이로 자라나 대개의 남매들이 그렇듯 종국에는 서로에게 그저 심드렁한 관계가 되었다. 고등학교 시절 뒤늦게 미대에 가겠다고 설치다가 좌절한 것 빼고는 의외로 별문제 없이 평범하게 자란 문지혜는 결국 대학 졸업 후 잘나가는 회사는 아니지만 업계에서 중간 정도 되는 광고 회사의 카피라이터가 되었다. 매일 계속되는 야근과(그녀가 가장 싫어하는 말: 밤 12시에 퇴근하면서 '내일은 진짜 야근해야 하니까 오늘은 일찍 가자.'라고 말하는 부장의 습관성 멘트) 매너 없고 감각 없고 무식하기까지 한 클라이언트들을 상대하는 고단함 때문에 그녀는 늘 피곤하고 지쳐 보였다. 이따금씩 집에서 돌아가신 외할머니 이야기가 나오면 그녀는 씁쓸하게 말하곤 했다.

그래서 나 진짜 똥 푸고 있잖아. 아니, 이안나 여사는 어떻게 애한테 그런 저주를 했대?

16

학교에서 한참을 멍하니 앉아 있다가 나왔지만 시간은 이제 겨우 정오를 지났을 뿐이었다. 맨해튼 42번가 버스 터미널에서 166번 버스를 타고 집으로 돌아가면서 나는 뜬금없이 은혜를 생각했다. 의지할 곳이 필요해서였을까. 영어로 된 단문 메시지밖에 보낼 수 없는, 스마트하지 못한 폰이라서 다행이었다. 그렇지 않았다면 나는 말도 안 되는 말들을 엮어 헤어진 그녀에게 장문의 문자를 보냈을 게 분명하니까. 은혜는 안녕할까? 아까 수업 시간에 웃던 학생들이 떠올랐다. 안녕하세요. 안녕히 계세요. 안녕히 가세요. 우리는 왜 이토록 서로의 안녕에 집착하는 걸까. 어쩌면 그건 '안녕'이야말로 우리에게 가장 절실한 것이기 때문은 아닐까?

한국보다 유난히 더 푸르고 높아 보이는 하늘에서 하얗다 못해 투명해 보이는 햇빛이 화살처럼 창문을 뚫고 쏟아졌다. 버스는 정해진 루트를 돌고 돌아 맨해튼과 뉴저지를 이어 주는 링컨 터널 속으로 진입했다. 터널은 내 인생처럼 늘 어둡고 축축하고 뭔가로 막혀 있었다. 오늘은 왜 이렇게 춥니. 버스가 덜컹일 때마다 어디선가 엄마 목소리가 들리는 것 같았다.

3

저는 애덤 홍이에요

17

일주일 만에 자음과 모음을 배우고, 간단한 인사말을 익힌 다음 한국어로 자기소개를 시작했다. 핵심 내용은 두 종류의 명사를 일치시키는 표현을 배우는 거였다.

Equational Expressions

N1은/는 N2이에요/예요

첫 번째 명사 N1에 받침이 있냐 없냐에 따라 '은'과 '는'이 달리 붙고, 두 번째 명사 N2 역시 받침 유무에 따라 '이에요'

가 되기도 하고 '예요'가 되기도 한다는 규칙을 학생들은 다소 어려워했다. '이에요'와 '예요'의 경우는 한국어 원어민들도 꽤 많이 틀리는 문법이기 때문에 틀려도 어색하게 들리지 않지만, '은'과 '는'의 경우는 완전히 이상하게 들릴 수 있어 유의해서 사용해야 한다는 점을 강조했다. '나는'과 '저는'의 차이, 주어의 생략, 보조사 '도'의 용법까지 설명한 다음 한 명씩 일어나 이 표현을 이용한 자기소개를 시작하게 했다.

18

애덤 홍은 첫 시간부터 내 주목을 끌었던 학생이었다. 성을 보면 코리안 헤리티지가 있는 학생인 것은 분명한데, 외모로는 그렇게 보이지 않았다. 검은 피부에 마른 얼굴, 타원형 안경 속의 길고 작은 눈은 그를 보기에 따라 아시안, 라틴아메리칸, 혹은 아프리칸아메리칸으로도 볼 수 있게 했다. 그는 매우 열심히 수업을 들으면서도 묻는 말에 대답을 하거나 손을 들어 질문하지는 않았는데, 얼마 지나지 않아 나는 그게 그의 장애 때문이라는 사실을 알게 되었다. 그의 옆에는 매번 다른 어시스턴트가 동석해 그의 학습과 노트 정리를 도와주고 있었다.

자기소개가 돌아갔다.

"저는 제시카 테일러예요. 1학년이에요."

"저는 앤드루 킴이에요."

"빅토리아 자오예요."

"저는 스티브 리예요. 3학년."

수지, 존, 패트릭, 크리스틴, 제이미, 루카스, 페르난도, 미아, 올리비아, 해나, 마이크, 민우, 크리스토퍼, 새라, 제임스. 마침내 마지막 차례가 되었고 거기엔 애덤이 앉아 있었다. 그는 엉거주춤하며 일어섰다.

"좌넌…… 애덤 홍…… 이니다. 귀…… 어써요."

19

아주 나중에서야 나는 그가 흑인 아버지와 한국인 어머니 사이에서 태어났고, 무슨 이유에선지 지금은 어머니하고만 함께 살며 어머니의 성을 따르고 있다는 사실을 알게 되었다. 애덤은 태어날 때부터 청각 장애를 가지고 있었으나 특수 학교가 아닌 일반 학교의 공교육을 받고 대학까지 진학했다. 그의 어머니와 직접 만날 일은 없었지만 나는 언젠가 애덤이 수업에 지각했을 때 그에게 이유를 물었다가 며칠 뒤 그의 어머니로부터 이메일을 받은 적이 있다. 애덤 어머니는 다소 투박하고 공격적인 어투의 영어로 이렇게 썼다.

교수님께

지난 화요일 수업에 애덤이 지각한 것은 애덤 때문이 아닙니다. 그건 알람 시계 탓이에요. 맞춰 놓은 알람 시계가 제대로 기능을 하지 않았기 때문에 애덤은 정해진 수업 시간을 지킬 수 없었습니다. 이 점 꼭 기억해 주시기 바랍니다.

Sincerely,
Miok Hong

20

미국에서 사용하는 내 영어 이름은 조셉(Joseph)이었다. 당연히 법적으로 사용하는 공식 이름은 아니고, 한국어 이름을 사용하다 보니 여러모로 불편한 점이 많아서 쓰는 일종의 가명, 정확히는 일회용 이름이었다. 어디서든 상대의 이름을 묻고 답하는 게 일상인 문화권에서 이름이 부르기 어렵다는 건 커다란 장애다. 게다가 많은 한국인들이 자신의 이름 중간에 하이픈을 넣는데, 난 그게 별로 마음에 들지 않아 빈칸으로 남겨 놓다 보니 이름을 쓰면 미국인들이 자꾸 '혁'을 미들네임으로 착각하는 일마저 생겼다. (그게 바로 다른 한국인들이 하이픈을 넣는 이유였다. 똑똑한 사람들 같으니라고.) 이름이 'Ji Hyuck Moon'으로 적혀 있으니 한국인의 이름 체계를 알지 못하는 대다수의 사람들은 나를 지(Ji)라고 부르게 되는 것이다. 이름 반쪽이 잘려 나가는 게 싫어서 나는 카페나 음식점처럼 아주 잠깐 내 이름을 공개해야 하는 곳에서는 '지혁' 대신 '조셉'을 사용했다. 성경 속 인물이니 익숙하기도 하고, 같은 J로 시작하기도 하니까.

문제는 이 이름도 미국인들이 잘 못 알아듣는다는 데 있었다. 'Ji Hyuck'을 못 알아듣는 건 충분히 이해하지만, 'Joseph'은 대체 왜? 한번은 이런 일도 있었다. 학교 근처 스타벅스에 가서 주문을 했는데, 익숙한 질문이 돌아왔다. 오케이, 이름이 뭐야? 나는 조셉이라고 대답했고 순간 점원의 눈빛이 흔들렸다. 그는 왼손에는 테이크아웃 컵을, 오른손에는 펜을 들고 잠시 머뭇거리다가, 멋쩍은 웃음을 지으며 나에게 물었다. 그거 어떻게 쓰는지 알려 줄래? 나는 그를 위해 알파벳을 하나씩 불러 주었다. J-O-S-E-P-H.

나중에 미국 친구들에게 이 얘길 했더니(나는 농담으로 한

얘기였다. 외국인이 미국인에게 영어 이름 스펠링을 불러 주는 거, 우습지 않니?) 그들은 이걸 진지하게 받아들였다.

아마 좀 옛날 이름이라서 그럴 거야. 실제 이름이 조셉이더라도 일상생활에서 그걸 그대로 쓰는 사람은 많지 않으니까.

맞아, 대부분 줄여서 쓰지.

그럼 뭐라고 했어야 해, 내가?

조(Joe).

21

초등학교 2학년인가 3학년 때, 엄마 아빠에게 물었던 기억이 난다.

내 영어 이름은 뭐야?

엄마는 아빠에게 물어보라고 했고 아빠는 어이가 없다는 듯 조금 웃었다.

문지혁이지 뭐야.

아니 장난치지 말고. 진짜로. 내 이름을 영어로 하면 뭐야?

영어로 해도 이름은 그대로지. 문지혁. 아니, 거꾸로니까 지혁 문인가?

그게 뭐야. 왜 제대로 안 알려 줘?

그때는 부모가 답을 알면서도 나를 놀린다고 생각했다. 엄마의 회피는 진실을 은폐하려는 비겁한 시도 같았고, 아빠의 웃음은 비밀을 감추려는 음흉한 증거 같았다. 이후로도 나는 집요하게 물었지만 원하는 답을 얻을 수는 없었다. 부모를 등지고 돌아설 때마다 나는 하나의 질문만을 곱씹었다. 내 영어 이름이 뭐길래 저토록 숨기는 걸까?

지금은 그때 내가 저 대답을 받아들이지 못한 이유가 더 궁금하다. 열 살 즈음의 나는 이름이란 게 뭐라고 생각했을까? 명사처럼 내 이름도 영어로 번역이 된다고 생각했던 걸까? 문지혁은 영어로도 문지혁이라는 것을, 세상의 어떤 언어로도 바꿀 수 없다는 것을, 혹시 나는 지금도 받아들이지 못하고 있는 것은 아닐까?

22

내가 태어났을 때 아버지가 나를 위해 준비해 둔 이름은 '창대'였다. 교회를 열심히 나갔던 것도 아니면서 자식 이름을 지을 때는 성경을 참조해야 한다고 여겼는지, 아버지는 아들의 이름을 하필이면 음식점마다 걸려 있는 욥기 8장 7절의 성구, '네 시작은 미약하였으나 네 나중은 심히 창대하리라.'에서 따왔다. 그 이름을 전해 들은 할아버지는 불같이 화를 내며, 어디서 그런 생선 장수 같은 이름을 지어 왔냐고 아버지를 타박했다. 분명히 아이들에게 놀림감이 될 거라고, 부모로서 그런 이름을 지어 주는 건 안 될 일이라고 했다. 내 입장에서 웃음 포인트는 할아버지 자신이 생선 장수였다는 사실이다. 할아버지는 자신의 직업을 스스로 비하했던 걸까? 거기에 맺힌 내가 모르는 다른 한과 분노가 있었던 걸까? 아니면 '생선 장수'이면서 동시에 '생선 장수'에 관한 사회적 편견을 모두 인정하고 있었던 걸까? 내 안에 이런 질문들이 생겨났을 때 이미 할아버지는 세상에 없었다.

故 문성대

1919-1999

23

결국 내 이름은 사촌 형들이 먼저 쓰던 돌림자 '지혜 지(智)'에 '불빛 혁(爀)'을 더해 지혁이 되었다. 그러나 할아버지의 예상과 다르게 나는 많은 놀림을 받으며 자랐다. 초등학교 때 별명은 문어, 중학교 때 별명은 문지기, 고등학교 때 별명은 문지혁대. 이름이 문제가 아니다. 성이 중요하다.

24

첫 번째 퀴즈를 본다.

학생들은 먼저 자신의 이름을 한국어로 쓰고, 그 아래 나열된 열 개의 영어 표현을 반대쪽에 있는 또다른 열 개의 한국어 표현과 올바르게 연결해야 한다.

나는 학생들 사이를 지나다니며 그들이 긋고 있는 선을 내려다본다. '안녕하세요.', '실례합니다.', '칠판을 보세요.', '미안합니다.' 같은 문장 사이로 머뭇거리는 직선들이 방향을 찾아 헤맨다. 'How are you?'와 'I am sorry.'에서 출발한 연필은 갈 곳을 잃은 채 알파벳과 한글 사이의 바다에 표류 중이다.

어떤 학생들의 이름은 여전히 비어 있다.

25

지혜는 엄마가 더 이상 자신의 이름을 기억하지 못한다고 알려 주었다.

나는 노트북을 켜고 뇌졸중과 혈관성 치매에 관해 검색했다.

뇌졸중

(의학) cerebral apoplexy, cerebral stroke, stroke

혈관성 치매

(의학) vascular dementia

곧 눈앞에 새로운 퀴즈가 나타났고, 나는 두 가지를 연결하려고 했지만 잘되지 않았다.

11. Cerebral stroke · · 엄마

12. Vascular dementia · · 엄마

26

엄마의 이름은 여민숙이었다. 이름 탓에 엄마는 학교 다니는 내내 '여인숙'이라는 별명으로 불릴 수밖에 없었다고 종종 투덜거렸다. 믿을 수 없는 얘기지만, 환갑이 넘었는데 아직도 엄마의 이름을 진짜 여인숙으로 알고 있는 친구도 있다고 했다.

그래서 엄만 엄마 이름이 싫었어?

응, 싫었지. 너무 싫었지.

그럼 뭘로 바꾸고 싶어? 이제라도 바꿀 수 있다면.

바꾸긴 뭘 바꿔. 싫은 대로 사는 거지.

언제였는지 기억나지 않는 대화에서 엄마는 그렇게 말했었다. 그런 엄마가 이제 자신의 이름을 알아듣지 못한다고, 지혜가 말했다.

—그럼 이제 엄만 자기가 누군지 모르는 거야?

—자아는 있어. 그게 여민숙이랑 매치가 안 될 뿐이지.

엄마가 쓰러진 이후 지혜의 목소리는 늘 화가 나 있었다.

—너는 알아보지, 그래도?

—몰라, 좀 짜증 날라 그래. 여기서 간호하고 있는 건 난데 내 이름은 못 알아듣고 아들 이름만 부른다는 게 말이 돼? 그리고 전화기 좀 바꿔. 영상 통화라도 하게. 21세기에 국제 전화 요금을 내고 있다는 게 말이 되냐고. 내 말 알아들어? 제발, 좀!

4

어디에 있어요?

27

사촌 누나 S는 미국에 사는 유일한 친척이었다. 누나는 어학 연수를 갔다가 만난 교포 치과 의사와 결혼하면서 미국에 정착했고, 우리가 다시 만난 건 거의 20년 만이었다. 마지막으로 봤을 때 파릇한 20대였던 누나는 어느덧 눈가에 피곤이 만년설처럼 내려앉은 40대가 되어 있었다. 뉴욕에서 대학원 공부를 시작하면서 나는 바쁘지 않은 주말이면 누나네 집에 내려갔다가 오곤 했다.

누나는 노스캐롤라이나의 주도 롤리(Raleigh) 교외에 그림 같은 이층집을 짓고 살았다. 타오르는 듯한 노을과 함께 해가

지면 잔뜩 웅크린 곰 같은 고요가 거리를 차지하는 동네였다. 매형은 대체로 말이 없었고 퇴근하면 지하실에 만들어 놓은 자신의 작업실 겸 취미 공간으로 직행했다. 집에는 중학생과 초등학생 형제가 있었는데 무던하고 과묵한 첫째와 달리 둘째는 겁이 많고 섬세한 아이였다. 누나는 내가 내려오면 아이들에게 한국어 한두 마디라도 가르쳐 주기를 원했고 그때마다 둘째는 나를 경계하는 편이었다. 누나 말에 따르면 둘째에게 자기 집에서 가장 '스마트'한 사람은 본인인데(본인이어야만 하는데), 삼촌이 자꾸 자기보다 뭔가를 더 알고 있거나 가르쳐 주려고 하니까 그게 견디기 어려운 것 같다고 했다.

그날 저녁에도 내가 '스마트' 대신 한국어 단어 '똑똑하다'를 알려 주려고 하자 둘째는 울음을 터뜨리며 자기 엄마가 있는 부엌으로 달려 나갔다.

"엄마, 엄마, 삼촌가 날 티즈했어!"

28

교실에서 '은는이가'를 배우기 시작했다.

Subject Particle: 이/가

— Subject of the sentence: 학교 식당이 어디 있어요?

— With negative '아니다': 그곳은 도서관이 아니에요.

Topic Particle: 은/는

— With contrast/change of topic: 미아는 2학년이에요.

교재에서 '은/는'과 '이/가'는 이렇게 구분되어 있었지만 실제로 학생들은 이를 잘 이해하지 못했다. 심지어 나 역시 마찬가지여서 처음에는 학생들의 질문에 머뭇거리는 일이 많았다. 받침에 따라 '은'과 '는', '이'와 '가'가 구분되는 방식을 혼동하는 건 차라리 쉬웠다. 누나네 둘째가 '삼촌가 날 티즈했어.'라고 말할 때와 같은 실수를 하는 거니까. 그럴 땐 '삼촌'이라는 단어에 받침이 존재하기 때문에 '가' 대신 '이'를 써야 한다고 말해 주면 된다.

어려운 것은 본질적으로 왜 '은/는'과 '이/가'를 구분하냐는 문제다. 이를 나는 주로 의미의 관점에서 설명하곤 했는데, '은/는'은 맥락상 주제나 주체가 달라질 때 사용하고 '이/가'는 주어 자체를 강조하고 싶을 때 사용한다는 식이었다. 예컨대 누나네 둘째가 '삼촌가 날 티즈했어.'라고 말하는 건 티즈(tease), 즉 괴롭힘 자체가 아니라 '삼촌'이 자신을 못살게 굴었다는 것을 강조하려는 의도다. 그가 '삼촌은 날 티즈했어.'라고 말하는 것은 문장 앞뒤에 비교나 대조의 맥락이 없기 때문에 성립될 수 없다. 그러려면 '아빠는 나한테 나이스했는데 삼촌은 날 티즈했어.' 같은 형식이 되어야 한다.

아니, 어쨌든 난 누나네 둘째를 실제로 괴롭힌 적이 없다.

29

아이폰을 샀다. 안드로이드폰을 사고 싶었지만 지혜가 자기 전화기와 같은 걸 사야 페이스타임인지 뭔지가 된다고 해서 당시 최신 모델이던 4S를 구입했다. 주말에 집으로 찾아온 UPS 배달원은 누구냐고 묻는 질문에 "유어 산타클로스."라고 답해 나를 당황스럽게 만들었다. 그는 내가 왜 이 전화기를 사는지 알까?

아니, 아니, 어쨌든 이제 어디에서든 엄마와 화상 통화를 할 수 있다.

30

받아쓰기 시험을 보기 시작했다. 학기가 끝날 때까지 학생들은 모두 스물네 번의 받아쓰기에서 평균 70점 이상을 받아야만 한다. 매일 열 문제, 총점은 100점.

31

몇 학년인지 정확하게 기억나지는 않지만 초등학교 저학년 때 나는 받아쓰기에서 98점을 받은 적이 있다. 적은 감점이 있었던 걸로 미루어 아마도 받침이나 사소한 문법을 틀렸던 것 같은데, 시험지를 집에 들고 가자 엄마는 말했다.

"2점 어디 갔니?"

이 이야기는 어린 나에게 깊이 각인되어서, 누가 당신 엄마는 어떤 사람이냐고 물을 때면 나는 '2점 어디 갔니' 일화를 소개하곤 했다.

대학 시절 은사 H 선생님은 졸업 후 오랜만의 식사 도중 이 이야기를 듣고 파안대소했다. 평소 좀처럼 크게 웃는 분이 아니었기 때문에 나는 의외라고 생각했다. 선생님은 몹시 즐거워하며 몇 번이나 다시 물었다. 정말 그런 말을 하셨다는 거니? 정말로 그렇게 말씀하셨어? 몇 번이나 그렇다고 답하고 남은 짜장면을 먹으면서, 나는 무엇이 선생님의 스위치를 건드렸는지 곰곰이 되짚어 보았다.

그런 H 선생님도 내가 잊을 수 없는 말을 한 적이 있다. 학부 때 나는 H 선생님의 '영국시'라는 수업을 들었는데, 제대 직후 복학한 학기라서 의욕과 열정이 과도할 때였다. 토론식으로 진행된 수업의 마지막 과제는 기말 페이퍼를 제출하는 거였고 나는 시인으로서는 그리 유명하지 않은 토머스 하디의 시 「Neutral Tones」를 골라 소논문을 썼다. 어설프고 더듬거리는, 유창하고 매끈하지 않아 아름다운 그의 시어와 나를 영원히 매혹하는 회색과 경계, 중간 빛에 대해. 그리고 가장 오래된 수수께끼인 사랑이 이별로 변하는 찰나를 포착한 시적 순간에 관해. 당시에는 잘 썼다고 생각했지만, 아마도 하디를 읽어 내는 내 언어는, 그와는 비교도 하지 못할 만큼 투박하고 절룩거렸을 것이다. 하지만 그땐 그걸 몰랐고 그저 스스로가 자랑스럽기만 했다.

수업에 참여한 학생들의 페이퍼는 종강 즈음 한 권의 책으로 만들어졌는데, 이후 후배 몇에게 글 잘 읽었다는 말을 전해 들었다. 그건 기다렸던 대답 같은 거라서 티는 내지 않았지만 홀로 뿌듯해했다. 얼마 후 다른 일로 H 선생님의 연구실을 방문할 일이 있었다. 용건을 마치고 나가려는 나를 불러 세운 뒤 선생님은 잘 이해되지 않는다는 표정으로 말했다.

"근데 니 페이퍼, 애들이 되게 좋아하더라?"

32

'어디 있어요?'라는 구문을 설명하는 교재 슬라이드에는 두 가지 그림이 실려 있다. 하나는 강원도 화천의 '얼음나라 화천 산천어 축제', 그리고 다른 하나는 '월도는 어디에?(Where's Waldo?)'.

33

어린 시절 『매직 아이』와 함께 내가 가장 좋아했던 책 중 하나는 『월리를 찾아라』였다. 1987년 9월 21일 영국의 출판사 워커북스에서 『Where's Wally?』라는 제목으로 처음 출간된 이 책은 영국의 아동 작가이자 일러스트레이터 마틴 핸드퍼드의 작품으로, 전 세계적으로 3000만 부 가깝게 팔렸고 그중 하나가 1990년 대한민국의 초등학생이었던 내 것이었다. 말도 안 되게 많은 색색의 사람들 사이에서 빨간 줄무늬 모자와 상의, 그리고 청바지를 입고 있는 월리를 찾는 일은 몹시 즐거웠다. 나에게 그 책은 퍼즐이자 추리 소설이자 보물찾기였다.

월리의 이름이 미국과 캐나다에서는 '월도'라는 사실을 나는 수업을 준비하면서 알았다. 충격이었다. 월리가 월도라니? 월리에게는 정말로 (내가 그토록 찾아 헤매던) '미국 이름'이 따로 있었던 것이다.

어릴 적 이따금 월리가 너무 안 찾아질 때면 나는 책 속으로 들어가 보고 싶다고 생각했다. 책 위로 두 팔을 포개고 얼굴을 책에 바짝 붙여 옆으로 책을 바라보면 흐릿한 시야 속에서 마치 책 속 인물들이 살아 움직이는 것처럼 느껴지기도 했다.

화천 산천어 축제에 가 본 적은 없지만, 맨해튼 타임스스퀘어에서 물결처럼 이리저리 요동치는 인파 한가운데 서 있노라면 나는 마치 그때 들어가 보지 못한 '월리를 찾아라' 속에 마침내 들어와 있는 것만 같았다. 누군가 저 위에서 나를 찾고 있다면, 그는 나를 발견할 수 있을까? 내 시작과 끝을 알고, 내 모든 것을 나보다 더 잘 아는 누군가가 존재한다면?

예를 들면…… 엄마 같은 사람.

엄마, 엄마는 내가 보여?

34

매일 지나다니는 학교 독문과 건물 벽에는 루트비히 비트겐슈타인의 말이 크게 적혀 있다.

"내 언어의 한계는 내 세계의 한계를 의미한다."

그리고 그 아래엔 작은 글씨로 이렇게.

"한계에 맞서세요. 독일어를 배우세요."

35

첫 번째 화상 통화에서 본 엄마는 머리가 다 벗어져 있었다. 머리를 여는 큰 수술을 했으니 충분히 짐작할 수 있는 모습이었다. 하지만 내가 미처 상상하지 못한 장면은 그녀의 머리에 박혀 있는 커다란 의료용 스테이플러들이었다. 조명을 반사해 반짝거리는 그 고정 장치들은 엄마와 전혀 어울리지 않는 액세서리였다. 그녀는 머리 곳곳이 문자 그대로 여전히 '열린' 채, 몽롱한 표정으로 침대에 기대 누워 있었다.

—엄마, 나야. 말할 수 있어?

엄마는 목이 마른 사람처럼 입술을 혀로 몇 번 할짝거리다가 말았다.

—컨디션 좋을 때는 말도 하고 그러는데, 오늘은 좀 힘든가 봐.

지혜가 말했다.

—저건 언제 빼는 거야?

—뭐, 스테이플러?

—어. 흉하잖아.

—지금 흉한 게 대수야? 저건 아무것도 아냐. 오빠가 못 봐서 그래.

지혜의 말이 또 내 안의 무언가를 자극했다. 나는 무슨 말인가를 하려다 그만두었다. 이 뜨겁고 아리고 부끄럽고 억울한 감정에 죄책감이라는 이름을 붙일 수 있을까? 어떤 감정을 단어 하나로 표현하려는 시도는 그 자체로 너무 무책임한 일이 아닐까?

—별일 없고?

침묵이 길어지자 지혜가 화면을 자기 쪽으로 돌리며 물었다.

—뭐 그냥저냥. 너야말로 고생한다.

—아 됐어.

지혜는 얼굴을 한 번 찡그리고는 목소리를 낮춰 말했다.

—은혜 언니가 왔다 갔어.

그 이름을 들으니 갑자기 정신이 아득해졌다. 은혜가? 왜? 어떻게?

—걔가 거길 왜? 누가 알려 줬는데?

—괜히 말했네. 아, 나중에 얘기해.

페이스타임이 종료됐다.

36

교사였던 은혜는 역시 교사였던 엄마와 꽤 친밀하게 지냈다. 7년을 사귀는 내내 은혜는 나보다도 더 살갑게 엄마를 대했고, 엄마도 그런 은혜를 몹시 마음에 들어 했다. 은혜와 헤어졌다고 털어놓았을 때 엄마는 일주일 동안 내 연락을 받지 않았다.

네 인생 네가 사는 거지만 살면서 그런 애를 다시 만날 순 없을 거다.

연락이 재개된 후에 엄마가 한 말은 거의 저주처럼 들렸다. 이봐요, 당신 자식은 나라고요. 그렇게 대꾸하고 싶은 기분이었다.

우리는 왜 헤어졌을까.

국제 전화로 이별을 말하던 순간, 그러니까 논문 최종 심사를 앞두고 있던 날 오후에, 나는 은혜에게 이제 서로 각자의 길을 가는 게 좋겠다는 촌스럽고 뻔한 말을 했다. 딱히 관계에 문제가 있는 건 아니었지만 함께할 미래가 잘 그려지지 않는 게 문제였다. 나는 미국에 정착해 한국어를 가르치면서 영어로 글을 쓰는 이민 작가가 되는 것이 꿈이었고, 은혜는 한국에서 교사를 하며 가정을 꾸리는 그림을 그리고 있었다. 우리 집 부모는 은혜를 좋아했지만 은혜네 집 어머니는 나를 탐탁지 않게 생각했다. 소설을 쓰고 싶어 한다꼬? 작가가 뭐 하는 긴데? 대구에서 중소 규모의 무역 회사를 경영하는 은혜 아버지는 아예 나의 존재를 몰랐다. 아버지는 어머니보다 더 완고해서 결혼이 결정된 다음에 이야기하겠다는 게 은혜의 말이었다. 은혜는 내가 돈을 많이 벌지 못해도 괜찮다고, 자신이 벌면 된다고, 고맙게도 그렇게 말해 주었지만, 나는 그 모든 게 실은 내가 그녀와 그녀 가족에게 부끄러운 존재이기 때문은 아닐까 끊임없이 의심했다.

어느 날 텔레비전 다큐멘터리를 보던 은혜 어머니는 낮에는 공사판에서 막일을 하고 밤에는 기와에 그림을 그려 넣는 어느 예술가의 이야기를 보면서 이렇게 말했다고 한다.

그니까 지혁이가 저래 산다는 기가?

이별의 순간에 은혜는 담담하게 말했다.

거기는 낮이겠네. 여긴 밤이고, 니가 볼 땐 어제야. 있잖아, 니가 미국에 간 뒤로는 항상 마음이 편치 않았는데 그 이유를 오늘에서야 알겠어. 내가 늘 과거에 남겨지는 느낌이라서 그랬나 봐. 넌 어느새 저만큼, 미래에 가 있는데. 인생에도 시차라는 게 있을 거고, 오늘 니가 말한 건 우리 사이에 그만큼의 거리가 좁혀지지 않는다는 뜻이겠지. 과거의 목소리는 여기까지만 듣는 걸로 해. 어머니한테 잘하고. 안녕.

5

한국어를 공부해요

37

잘 지내냐는 말은 무력하다. 정말로 잘 지내는 사람에게도, 실은 그렇지 않지만 그렇게 말하는 사람에게도. 어떻게 지내냐는 질문에 '잘 지낸다'라고 대답하는 것은 오히려 나의 진짜 '잘 지냄'에 관해 아무것도 이야기하지 않으려는 태도에 가깝다. 수업 시간 내내 'How are you?'와 '어떻게 지내요?', 'I'm doing good'과 '잘 지내요'를 기계적으로 말하고 반복하고 따라 하게 하면서, 학생들의 목소리가 크고 분명하고 자신감 있어질수록, 나는 점점 더 그 언어가 갖는 본래의 의미와 멀어지고 있다는 것을 실감했다. 누군가에게 잘 지내고 있다고 말한 적이 언제였더라. 받아쓰기 시험지를 나눠 주며 나는 아무도 진심으로 묻지 않는, 아무에게도 진심으로 대답하지 않는 나의 안부에 관해 잠시 생각했다. Am I doing good?

38

미국에 사는 한국인들이 자주 하는 농담:

고속도로에서 교통사고가 났다.

피를 흘리며 운전석에 앉아 있는 한국인 교포에게 미국 경찰이 다가와 묻는다.

"하우 아 유?"

그러자 교포는 희미한 웃음을 띠며 자동 반사로 답한다.

"파인, 땡큐. 앤유?"

미국 경찰은 당황했다가 곧 감동한다. 아니, 지금 이 사람은 피를 흘리면서도 내 안부를 묻고 있잖아.

39

K 형은 이 농담을 좋아했다. 애틀랜틱시티로 내려가는 동안 그는 이 얘기를 몇 번이나 되풀이해 말하며 낄낄거렸다. 그러면서 맨 마지막 부분은 '앤유?'가 아니라 꼭 '앤쥬?'로 발음해야 한다고 했다. 그게 이 농담의 진짜 완성이라면서.

K 형은 나보다 나이가 네 살 많은 군대 후임병이었다. 그의 이름처럼 우리는 꽤 K-스러운 관계였는데, 어떻게 보면 한국에서만 발생 가능한 사이이기 때문이었는지도 모르겠다. 형이지만 두 기수 후임병이었던 그에게 나는 군 생활 내내 반말을 했고, 제대 후에는(사실 제대 일주일쯤 전부터는) 애매하게 존댓말을 섞어 썼다. 그도 내무반 생활을 할 때는 깍듯하게 존댓말을 쓰다가, 사회에 나오면서부터는 편하게 말을 했다.

한때 상명하복의 선임병-후임병 사이였던 우리는 그래서 역전된 동생-형 관계가 되었다. 인쇄업을 크게 하는 아버지 밑에서 유복하게 자란 K 형은 입대하기 전 이미 미국에서 유학 중이었는데, 제대 후 유학을 마무리하고 개인 사업을 하기 위해 뉴욕으로 돌아온 지 벌써 10년이 다 되어 가고 있었다.

전에 그가 애틀랜틱시티에 한번 놀러 가자는 말을 몇 번 했을 때 나는 그걸 흘려들었다. 그냥 해 보는 말이라고 생각했다. 그때는 아직 대학원에 다니고 있었으므로 정말로 시간도 없었고, '동부의 라스베이거스'라고 불리는 도시에 대한 막연한 두려움도 있었다. 카지노 가면 막 외환거래법 걸리고, 있는 돈 올인 해서 인생 파탄 나고 그러는 거 아냐? 얼마 전 다시 한번 그가 애틀랜틱시티 얘기를 꺼냈을 때 내가 말하자, K 형은 제발 좀 촌스럽게 굴지 말라고 했다.

그리하여 10월의 어느 금요일 밤 나는 마침내 K 형의 검은색 BMW X5를 타고 애틀랜틱시티로 내려갔다. 가는 내내 마음이 설레면서도 불편했다. 어둡고 고요한 고속도로를 두 시간쯤 달려 목적지인 보가타 호텔에 도착했다. 카지노는 내가 그려 왔던 모습보다 훨씬 더 휘황했는데, 그중 엘리베이터에 선명하게 한글로 적힌 '행운'이라는 글자가 묘비명처럼 인상적이었다.

당장이라도 내 인생을 망칠 것만 같은 테이블 게임들을 지나쳐 나는 구석으로 향했다. 형도 내가 겁먹는 게 우스웠는지 슬롯머신부터 시작하자고 했다. 우리는 가장 끄트머리 입구 근처의 슬롯머신 앞에 나란히 앉아 돈을 넣었다. 나는 처음부터 20달러만 하기로 결심하고 왔으므로 머신에 전 재산을 넣었다. 그리고 영화에서 보던 것처럼 머뭇거리며 레버를 당겼는데, 옆의 K 형은 벌써 능숙한 자세로 버튼을 누르고 있었다.

"그거 안 당겨도 돼. 버튼 눌러, 버튼. 촌스럽게 진짜."

그의 말에 뭐라고 항변하려는 순간, 내 앞의 머신에서 이상한 기계음이 나기 시작했다. 뭔가 빠르게 돌아가는 것 같은 금속성의 소리는 차츰 커지고 높아지더니, 급기야 동전 무더기가 떨어지는 것 같은 소리로 변했다. $20.00으로 표시되어 있던 눈 앞의 붉은 숫자가 순식간에 $250.00으로 변해 있었다. 사태를 파악하지 못하고 있던 나는 잠시 후에야 무슨 일이 일어났는지를 깨달았다.

"형, 집에 가자."

나는 숫자에서 눈을 떼지 못한 채, K 형의 손목을 붙잡으며 말했다. 형은 나와 슬롯머신을 번갈아 쳐다보더니 짜증스러운 목소리로 답했다.

"방금 왔는데 뭔 소리야, 미친놈아."

40

태어나서 한 번도 카지노에 가 본 적 없는 사람이 처음 슬롯머신 앞에 앉아 레버를 당겼을 때 돈을 딸 확률은 얼마나 될까? 확률이란 일어나지 않은 사람에게는 허무한 숫자 놀음이지만 일어난 사람에게는 의미 없는 가능성이다. 어쩌면 진짜 확률은 〈1=일어난다〉와 〈0=일어나지 않는다〉 두 가지뿐일지도 모른다. 카지노에 도착한 지 5분 만에 나는 20달러가

250달러가 되는 기적을 경험했고, 결과적으로 나에게 돈을 딸 확률은 1이었던 셈이다.

그때는 몰랐지만, 지금은 카지노에서 돈을 땄을 때 무엇을 해야 하는지 안다.

1. 뷔페로 가서 배가 터지게 밥을 먹는다.
2. 타고 온 차에 기름을 가득 넣는다.

왜냐하면 이 두 가지만이 다시 토해 낼 수 없는 것이기 때문에. 나머지 돈은 곧 사라질 운명이다.

41

하지만 그걸 몰랐던 당시의 나는 도착한 지 5분밖에 안 됐는데 집에 가자는 거냐며 K 형에게 각종 욕을 얻어먹은 후, 그대로 슬롯머신 앞에 앉아 레버 당기기를 계속했다. 한 시간이 채 지나기도 전에 방금 전까지 눈앞에서 $250.00으로 빛나던 붉은 숫자는 (운명에 예정되어 있던 대로) $0.00으로 변해 버렸다.

더 이상 할 게 없어진 나는 머쓱하게 자리에서 일어났다.

옆자리의 K 형은 본인 말에 따르면 '잔잔하게' 따고 잃기를 반복하며 아직 버튼을 누르고 있었다. 구경이나 할 겸 아까 주눅 들어서 지나쳤던 테이블 게임 쪽으로 걸어갔다. 왠지 까짓것 못할 게 뭐가 있어 하는 기분이었다.

가까이서 보니 테이블 게임들은 예상대로 어려워 보였다. 블랙잭은 딜러와 마주 보고 이런저런 이야기를 나누는 게 힘들어 보였고, 바카라는 복잡하게 그려진 판이 정신 없었다. 칩을 잔뜩 쌓아 놓고 진짜 꾼들만 앉아 있는 것 같은 포커는 말할 것도 없었다. 결국 나는 룰렛 앞에 오래 머물렀는데, 이유는 그 게임이 가장 쉽고 간단해 보여서였다.

1. 참가자들이 1부터 36까지의 숫자에 돈을 건다.
2. 딜러가 작은 구슬을 회전하는 원반 속에 던져 넣는다.
3. 구슬이 멈춘 숫자에 베팅한 사람이 돈을 딴다.

물론 쉽고 간단한 것은 돈을 걸 때까지만이었다. 36분의 1의 확률을 뚫고 돈을 가져가는 일이 어찌 쉽겠는가.

그런데 룰렛 테이블을 10분쯤 가만히 지켜보고 있다가 나는 흥미로운 인물을 발견했다. 이제 갓 스물이나 되었을까 싶은 백인 청년이 다른 사람들과 달리 특이한 베팅을 하고 있었다. 그는 자신의 칩을 숫자가 아닌 'ODD'와 'EVEN' 칸에 걸었다. 딜러가 원반 속으로 던진 쇠구슬은 대부분 사람들의 탄식과 함께 아무도 걸지 않은 숫자에 멈추곤 했지만, 이상하게 청년은 계속 자신이 건 칩의 두 배를 가져갔다. 잠시 후 나처럼 슬롯머신에서 돈을 다 잃은 K 형이 도착했을 때 나는 청년의 베팅에 관해 물었다.

"저건 홀짝에 거는 거야. 숫자가 아니라. 대신 맞히면 딱 두 배만 먹고."

순간 나는 무슨 깨달음을 얻은 사람처럼 머리가 하얘졌다. 그렇구나. 그런 방법이 있었구나.

백인 청년은 불과 20분도 지나지 않아 원래 가져왔던 검은 칩(K 형은 검은색이 100달러짜리 칩이라고 알려 주었다.) 하나를 여덟 개로 불려서 사라졌다. 홀-짝-홀-짝. 단 네 번 만에.

나는 주위를 둘러보았다. 20미터도 되지 않는 곳에 체이스 은행의 ATM이 보였고 지갑에는 내 주거래 은행인 체이스의 데빗 카드가 들어 있었다. 계좌에는 지난 주 학교에서 입금된 돈이 있을 것이다. 나는 무엇에 홀린 사람처럼 현금 인출기에서 100달러를 뽑아 검은색 칩으로 바꿨다. 그리고 룰렛 테이블로 돌아와 청년이 걸었던 순서를 기억하며 홀에 칩을 걸었다. 딜러가 구슬을 던질 때는 나도 모르게 기도를 할 뻔했다.

짝이었다.

딜러는 테이블 위에 어지럽게 놓인 칩들을 금세 치워 갔다.

내 칩이라고 예외일 수는 없었다. 순식간에 나는 100달러를 잃었다. 아니, 아까 잃은 것까지 하면 120달러를, 아니, 심리적으로는 350달러를.

다시 ATM으로 가서 100달러를 뽑아 검은 칩으로 바꿔 왔다. 이번에는 짝에 걸었다. 딜러가 구슬을 던질 때 놓치지 않고 기도도 했다.

홀이었다.

딜러는 거의 청소 기계처럼 테이블을 정리했다. 다시 0. 나는 200달러를, 아니, 220달러를, 아니, 아니, 450달러를 잃었다.

불현듯 어떤 생각이 떠올랐고, 나는 스스로 천재 같다고 감탄했다.

또다시 ATM으로 가서 200달러를 뽑아 검은 칩 두 개로 바꿔 왔다. 이번에는 K 형이 말렸다.

"야, 안될 땐 잠깐 쉬었다 가."

대꾸하지 않고 테이블 위에 칩을 걸었다. 하나는 홀에, 하나는 짝에.

"미쳤냐?"

K 형이 인상을 잔뜩 구기며 말했지만 나는 씩 웃었다. 그는 나의 깊은 뜻을 전혀 이해하지 못하고 있는 게 분명했다. 게임의 흐름을 바꾸기 위해서는 일단 이기는 경험이 중요하다. 홀과 짝에 동시에 건다면 어느 하나는 분명히 따게 되고,

두 배를 돌려 받으니 손해 볼 것도 없다. 지금 게임이 어떻게 흘러가고 있는지 그 방향과 기운을 알기 위해서는 의미 없어 보이지만 실은 의미심장한 어떤 계기를 만들 필요가 있는 것이다. 이걸 뭐라고 부르는 말이 있는데?

딜러가 구슬을 던졌고, 나는 기도 대신 미소를 지었다.

그때 알았다. 세상에는 홀도 짝도 아닌 숫자가 있다는 것을.

그리고 그 숫자는 룰렛에도 있다.

0과 00.

구슬은 00에 멈췄고, 나는 끝내 400달러를, 아니, 420달러를, 아니, 아니, 650달러를 잃었다.

42

돌아오는 차 안에서 나는 이 모든 이야기를 언젠가 반드시 소설로 써야겠다고 다짐했다. 연신 하품을 하며 핸들을 잡은 형에게 이 얘길 했더니 슬롯머신에서 50달러를 잃은 게 전부인 K 형은 꼭 쓰라고, 그러면 나중에 책은 자기 아버지 인쇄소에서 공짜로 찍어 주겠다고 했다. 조수석에서 잠깐씩 졸 때마다 거대한 룰렛이 교실을 뚫고 들어오는 악몽을 꿨다.

K 형은 집 앞 그랜드 애비뉴에서 나를 내려 주었다. 비몽

사몽간에 X5의 둔중한 문을 닫는 순간, 어젯밤 답답하게 머릿속을 맴돌던 단어가 떠올랐다.

변곡점.

멍한 표정을 짓고 있는 내게 형은 말했다.

"인생 공부 했다고 생각해. 잘 지내라."

43

인생 공부든 카지노 공부든 공부라는 말은 이제 지긋지긋했는데, 그 이유는 내가 이제껏 너무 많은 공부를 해 왔기 때문이다. 왜 그랬을까? 생각해 보면 공부밖에 딱히 할 것이 없어서 그랬던 것 같다. 학창 시절에 키가 크지도, 잘생기지도, 뛰어난 신체 조건이나 운동 신경도 갖지 못한 사람이 할 수 있는 일이 뭐가 있을까? 게다가 사람들과 어울리는 걸 좋아하는 것도 아니고 특별히 관심 있는 분야도 없다면?

다행히 엉덩이는 무거운 편이고 머리도 구제 불능은 아니라서 공부를 열심히 했다. 당연히 공부 자체가 좋아서라기보다는 가장 유리하고 효율적인 인정 투쟁의 방식으로 공부를 선택한 것이었다. 하라는 대로 열심히 공부를 했고, 외국어 고등학교에 갔고, 나보다 더 똑똑하고 뛰어난 데다 성실하기까지 한 아이들을 만나 잠시 좌절했다가 그 물결에 휩쓸려 익사하지 않고 어찌어찌 대학에 왔다.

대학에 가서 보니 내가 잘한다고 생각했던 공부는 아무것도 아니었다. 영문과에 들어왔는데 영어는커녕 국어도 제대로 못한다는 사실을 깨달았다. 외고에 처음 입학했을 때보다 더한 좌절감과 상실감이 밀려왔고, 이번에는 내가 빠져 죽을지도 모르는 파도였다. 학교 밖은 때마침 터진 IMF로 혼란했다. 학교 안은 물이 거의 빠진 운동권과 신세대 문화가 공존했다. 신자유주의에 반대하는 데모를 하러 학생회관 앞에 모이면 갭을 입고 나이키를 신은 아이들이 눈에 먼저 들어왔고, 미군철수를 외치던 동아리 선배는 카투사에 입대했다. 시대의 모순이라고 간략하게 정리하기엔 밖이든 안이든 그 간극이 너무 컸고 무엇보다 나는 나 자신을 이해하거나 인정하기 어려웠다. 만들고 싶었던 변곡점은 만들어지지 않았다. 신입생 시절 썼던 일기에는 서정인의 「강」 한 대목이 적혀 있었다.

너는 아마도 너희 학교의 천재일 테지. 중학교에 가선 수재가 되고, 고등학교에 가선 우등생이 된다. 대학에 가선 보통이다가 차츰 열등생이 되어서 세상으로 나온다. 결국 이 열등생이 되기 위해서 꾸준히 고생해 온 셈이다. 차라리 천재이었을 때 삼십 리 산골짝으로 들어가서 땔나무꾼이 되었던 것이

훨씬 더 나았다. 천재라고 하는 화려한 단어가 결국 촌놈들의 무식한 소견에서 나온 허사였음이 드러나는 것을 보는 것은 결코 즐거운 일이 못 된다. 그들은 천재가 가난과 끈질긴 싸움을 하다가 어느 날 문득 열등생이 되어 버린다는 사실을 몰랐다. 누구나가 다 템스강에 불을 처지를 수야 없는 일이다.*

---

* 서정인, 『강』(문학과지성사, 1996).

6

중간고사: 구술시험

44

나: 어서 오세요. 이제부터 중간고사를 시작하겠습니다.

앤드루: 네.

나: 자기소개 해 보세요.

앤드루: 엄, 저는 앤드루 킴입니다.

나: 몇 학년이에요?

앤드루: 엄, 저는, 인자, 삼 학년입니다.

나: 한국 사람이에요, 미국 사람이에요?

앤드루: 엄, 저는, 인자, 미국 사람입니다. 근데 아버지랑 어머니, 한국 사람입니다.

나: 부모님은 어디 계세요?

앤드루: 부모님, 인자, 와씽튼 디씨에 있습니다.

나: 저녁에는 보통 뭐 해요?

앤드루: 학교 끝나며는, 인자, 쥠 가고요, 밥 먹고, 인자, 기숙싸 갑니다. 게임 해요.

나: 게임 좋아해요?

앤드루: 네? 네.

나: 가이드라인에 없는 질문도 할 수 있어요.

앤드루: 아, 오케이.

나: '인자'는 왜 하는 거예요?

앤드루: 뭐라고요? 잘 못 듣는데요.

나: 말 중간에 계속 '인자' 붙이는 거, 왜 하냐고요.

앤드루: 엄, 그게, 인자, 한국 사람들 다 한다고 그랬습니다.

나: 누가요?

앤드루: 미국말 할 때, 엄, 웰, 같은 거라고…….

나: 누가 그러던가요?

앤드루: 우리 할무니가요.

나: 할머니랑 같이 살아요?

앤드루: 네, 같이 삽니다. 와씽튼 디씨에, 인자, 할머니 있습니다.

45

나: 읽어 보세요.

Tongue Twisters 1

간장 공장 공장장은

강 공장장이고

된장 공장 공장장은

장 공장장이다.

Tongue Twisters 2

내가 그린 기린 그림은

잘 그린 기린 그림이고

네가 그린 기린 그림은

잘못 그린 기린 그림이다.

Tongue Twisters 3

김 서방네 지붕 위에 콩깍지가

깐 콩깍지냐 안 깐 콩깍지냐?

Tongue Twisters 4

저기 계신 저분이
박 법학 박사이시고
여기 계신 이분이
백 법학 박사이시다.

제시카: 혀가 짤라질 거 같아요.
(영어로) 이거 정말 한국 사람들이 하는 말 맞아요?

나: 돈 스픽 잉글리시, 플리즈.

7

동생이 두 명 있어요

46

선임 강사이자 한국어 프로그램의 운영을 책임지는 코디네이터 Q 선생은 서부 명문 사립대 출신 박사였다. 교육학을 전공한 그녀는 한국어 관련 석사 학위만 있어도 가능한 언어 강사를 하기엔 넘치는 스펙을 가진 사람이었다. 학생들에게는 똑같은 선생이지만 강의만 하는 렉처러(lecturer)와 연구를 하는 교수(professor)는 같은 아카데미아 안에서도 암묵적으로 다른 계급이었으니까. 물론 교수가 되기 위해서는 다른 방식으로 더 치열한 경쟁을 해야 했겠지만, 나는 종종 왜 그녀가 박사 학위를 가지고도 렉처러 자리에 머물러 있는지 궁금했다.

처음 강의에 필요한 자료를 건네주고 간단한 수업 관련 안내를 해 준 다음부터, 그녀는 마치 내가 늘 그 자리에 있던 사람처럼 대했다. 편안했지만 묘하게 거리가 느껴지는 사람이었다. 자신에 대한 이야기는 그 어떤 것도 하지 않았고 세상 모든 일에 초연한 듯 감정 변화가 없었다. 큰 키에 나풀거리는 흰색 옷을 주로 입고 다니는 Q 선생의 뒷모습은 멀리서 보면 하나의 커다란 퀘스천 마크처럼 보이기도 했다.

다음 주 수업 자료를 출력하기 위해 동아시아학과 사무실에 들렀을 때, 복사기 옆 733호 문이 열리면서 Q 선생이 안경 쓴 얼굴을 빼꼼히 내밀었다.

"선생님, 지금 바빠요?"

5분 뒤 나는 다음 주에 나눠 줄 받아쓰기와 퀴즈 자료를 양손에 들고 733호로 들어갔다. Q 선생은 숨겨 둔 선물이 있는 사람처럼 싱글거리며 자리에 앉기를 권했다.

"수업은 할 만하세요? 애들은 말 잘 듣고?"

나는 의자 앞 테이블에 방금 복사한 종이들을 섞이지 않게 종류별로 직각으로 겹쳐 놓고는 의례적으로 대답했다.

"네, 괜찮아요. 학생들도 곧잘 따라오고요."

Q 선생은 뉴욕의 변덕스런 날씨 이야기를 하다가, 가르쳤던 학생 중 하나가 한국 지하철에 관한 노래를 만들어서 유튜브에 올렸는데 대박이 났다는 이야기를 하다가, 동아시아학

과 건물 바로 건너편에 새로 생긴 일본 라멘집의 차슈 이야기를 했다. 화제가 떨어지고 어색한 침묵이 흘러 자연스럽게 일어나려는데, Q 선생이 잠깐 동안 나를 바라보더니 목소리를 낮춰 말했다.

"아직 확실한 건 아닌데."

나도 모르게 침을 삼켰다.

"혹시 우리 과에서 풀타임으로 일할 생각 있어요?"

47

풀타임이 된다는 것.

지금은 기껏해야 한 과목이나 두 과목을 가르치는 파트타임이지만, 풀타임 렉처러가 된다는 것은 전혀 다른 단계를 의미했다. 가장 중요한 신분이 해결되기 때문이다.

영주권. 그린 카드. 퍼머넌트 레지던시.

미국으로 처음 유학을 올 때 막연히 꿈꾸었던 것들이 예상치 못한 방식으로 갑자기 환하게 빛을 내며 쏟아지는 것만 같았다. 하늘에서 내려오는 동아줄이 이런 걸까. 풀타임이 되어서 영주권을 받는다고? 미국에 온 지 이제 겨우 2년밖에 되지 않은 내가?

"확정된 건 아니에요. 어디까지나 비공식적인 오퍼라고 생각해 주세요. 체어 허락도 받아야 하고, 중간 절차도 꽤 복잡하고. 하지만 우리 한국어 프로그램에 풀타임 강사 충원이 필요한 건 사실이고, 나는 문 선생님을 추천할 계획이에요."

Q 선생의 말에 내가 뭐라고 대답했었나? 기억나지 않는다. 아마도 너무 얼떨떨하고 머릿속으로 다른 생각들이 엉켜서 기계적으로 감사하다는 말만 반복했을 것이다. 감사합니다. 고맙습니다.

"전에 이민 작가가 되고 싶다고 했었죠? 여기서 한국어 가르치면서 글 쓰면 되겠네요. 우리 옆방 선생님처럼."

Q 선생이 말했다.

48

옆방, 그러니까 734호에는 첸 샤오라는 중국인 시니어 렉처러가 있었다. Q 선생은 그녀가 중국에서 소설을 다섯 권이나 낸 작가이며, 뉴욕에서 25년째 중국어를 가르치고 있지만 여전히 시간만 나면 연구실에서 글을 쓴다고 했다.

"유명한가요?"

내가 묻자, Q 선생은 안경 속 눈을 동그랗게 떴다.

"유명한 게 중요한가요?"

49

나는 왜 소설을 쓸까.

이건 너무 대답하기 어려운 질문이다. 질문을 바꿔 본다.

나는 언제부터 소설을 쓰려고 했을까.

이건 좀 낫다.

내가 쓴 최초의 소설은 1992년 중학교 1학년 때 PC통신 '하이텔'의 '과학소설동호회'에 올린 짧은 글이다. 제목은 '위험물질 Z-45'. 제목만큼이나 유치하고 일차원적인 이 소설의 내용은 다음과 같다.

우주선에 탑승한 두 사람이 대화를 나눈다. 방금 그들은 자신들이 운반 중이던 '위험물질 Z-45'를 조작 실수로 떨어뜨렸기 때문에, 대화는 이에 관한 걱정과 우려가 주를 이룬다. 대화 말미에 그들은 창밖으로(그렇다, 우주선에도 창문이 있다!) 멀어지던 '위험물질 Z-45'가 어느 행성과 충돌해 폭발하는 장면을 지켜본다.

저 행성은 이제 어떡하냐.

그러게 말야. 다 죽는 거지 뭐.

소설은 이렇게 끝난다.

'그러나 행성의 생명체들은 멸종하지 않고 '위험물질 Z-45'에 적응하여 진화했다. 그리고 그것을 '산소'라고 불렀다.'

중학교에 들어가서 과학 시간에 배웠던 것 같다. 건조한 공기는 대략 78퍼센트의 질소와 21퍼센트의 산소, 그리고 나머지를 차지하는 아르곤, 이산화탄소, 수증기 등으로 이루어져 있다고. 나는 인간의 호흡에 가장 중요한 산소가 왜 대기의 5분의 1밖에 차지하지 않을까 궁금해했고, 그것이 이 부끄럽고 부끄러운 최초의 소설의 모티프가 되었다.

중요한 일은 그다음에 일어났다. 엽편 분량밖에 되지 않는 이 짧은 소설을 게시판에 올리자, 얼굴도 모르는 사람들이 이 소설에 대해 '비평'을 하기 시작한 것이다. 아마도 고등학생이고 대학생이고 직장인이었을, 당시의 나로서는 상상하기 어려운 어른들이 내 글에 관해 이런저런 의견을 남겨 주자 나는 우쭐했다. 이후 내가 소설을 쓴 것은 거창한 의미나 대의명분을 찾기 위해서가 아니었다. 나 자신을 발견하거나 사회에 공헌하기 위해서도 아니었다. 그냥 계속 우쭐하고 싶었을 뿐이다. 소설 쓰기란 본래 그리 고상한 일이 아니지 않은가. 소심하지만 유명해지고 싶은 사람들이 하는 일에 불과하다. 제임스 설터의 말처럼, '남들에게 존경받기 위해, 사랑받기 위해, 칭찬받기 위해, 널리 알려지기 위해 글을 썼다고 말하는 것이 더 진실할' 것이다.

고등학교를 졸업할 때까지 정기적으로 그런 아이디어 중심의 SF를 써서 PC통신 동호회에 올렸다. 아무도 기다리지 않는 장편소설을 야심 차게 연재했다가 혼자 연재를 중단하고 좌절했던 기억도 있다. 대학에 가면서부터는 분야를 바꿔 신춘문예와 문예지 신인상에 응모하기 시작했다. 공모에 떨어질 때마다 일기에 숫자로 번호를 매겼는데, 50번 이후부터는 세지 않았다. 이러다 영원히 떨어질 수도 있겠다고 생각한 건 응모를 시작한 지 10년이 지나면서부터였다.

50

이민 작가가 되어야겠다고 생각한 건 그보다 좀 더 나중이었다. 영문과에 다니면서 종종 이민 작가에 관해 들어 본 적은 있었지만, 내가 아는 이민 작가는 조셉 콘래드나 블라드미르 나보코프, 저지 코진스키 같은 유럽 출신의 이민자들뿐이었다. 이창래 같은 존재가 있기는 했지만 세 살 때 이민을 가서 한국어를 전혀 하지 못하는 그를 과연 이민 작가라고 부를 수 있는지는 의문이었다. 한국계 미국인 작가라면 모를까. (게다가 이창래 소설의 단어들은 미국인들에게도 낯설고 어려운 GRE 수준이다. 그는 일부러 그렇게 쓰는 걸까? 자신의 이름만 보고 영어도 못하는 외국인이 쓴 줄 알까 봐?)

어느 일간지에서 중국인 이민 작가 하진의 인터뷰를 읽은 건 아마 대학 졸업 즈음이었을 것이다. 말하자면 나는 그의 작품보다 삶을 먼저 접했고, 거기 매료됐다. 중국에서 태어나 열네 살 때부터 스무 살 때까지 인민해방군으로 복무하고, 중국에서 영문학을 공부하다 미국으로 건너가 학업을 이어갈 무렵 톈안먼 사건이 발발했다. 그 사건 이후 그는 미국에 남기로 결심하고, 중국어가 아닌 영어로 작품을 쓰기 시작한다. 처음에는 시를, 그리고 다음에는 소설을.

'현재 영어로 작품을 쓰는 작가 중 노벨 문학상에 가장 근접했다'느니, '한 작가에게 결코 두 번 수여하지 않는 펜/포크너상을 두 번이나 받았다'느니 하는 간지러운 찬사에 마음이 움직인 것은 아니었다. 오히려 나는 그가 성인이 되고 나서야 처음 영어를 배우기 시작했고, 군대에서 우리로 치면 「굿모닝 팝스」 같은 프로그램을 들으며 낯선 언어를 공부했다는 사실에 끌렸다. 나중에 그의 작품을 찾아보니 그의 영어는 좋게 말해 단순 명료했고 나쁘게 말해 투박했다. 존 업다이크 같은 작가가 하진의 작품을 두고 '영어 자체를 그냥 보아 넘길

수 있는 순간이 거의 없는 소설'이라고 비난한 것이 이해가 갔다. (못된 말이긴 하지만, 업다이크라면.) 하지만 대부분의 미국 작가들과 평론가들은 자신의 언어가 아닌 외국어로 글을 쓰는 그의 용기와 끈기에 경의를 표했다.

인터뷰 말미에 하진은 자신의 서명과 함께, '한국의 독자들에게 하고 싶은 말'이라는 지극히 K-스러운 기자의 요구에 이런 메모를 남겼다.

In life as a human being, nothing is secure.

Just follow your heart.

인간의 삶에서 확실한 것은 아무것도 없으니 그냥 마음 가는 대로 따르라. 지금 생각하면 대단한 말도 아니고 한편으로는 무책임하게 보이기까지 하는 말인데도, 그때 그 말이 나에게는 무척 멋지게 들렸다. 입으로만 그런 말을 하는 것이 아니라, 실제로 그런 삶을 살아 본 사람이 하는 말이라 그렇게 들렸는지도 모르겠다.

그후 나는 대학을 졸업했고, 2년간 외국계 광고 회사와 은행 마케팅팀과 외교통상부 인턴을 전전하며 '여기가 아닌 다른 곳'을 꿈꾸다 결국 다시 하진의 그 말로 돌아왔다.

소설을 쓰는 것.

그게 내 가슴을 따르는 일이었다.

51

국립예술학교 문예창작과 대학원에 진학하며 나는 비로소 '꿈을 닮은 현실'이 아니라 꿈 그 자체를 좇게 되었다고 생각했다. 이제 곧 작가로서의 삶이 내 앞에 펼쳐질 터였고, 이제 나는 읽고 쓰는 일 외에는 그 어떤 것도 귀하게 여기지 않겠다는 비장한 각오도 했다. 그러나 불과 몇 달 만에 나는 새로운 현실에 부딪혀 좌절하기 시작했다. 내가 써내는 소설은 하나 같이 형편없었고, (당시 스스로는 꽤 괜찮다고 느끼고 있었다는 게 더 비극적이었다) 학교의 선생과 선후배 들로부터는 그에 걸맞은 혹평을 받았다. '순진하고 찌질하며 뻔하다.' 요약하면 그랬다.

몇몇은 나 개인의 성향을 문제 삼기도 했다. 술 담배 안 하고 주말에 교회 가는 너 같은 애가 무슨 소설을 쓰냐? 좀 더 우아한 빈정거림도 있었다. 네 글은 《좋은생각》 같은 잡지에 실리면 딱일 것 같아. 《좋은생각》은 물론 좋은 잡지지만 그 시절 나에게 그 말은 모욕적으로 들렸다. 세상에는 '진짜' 예술가가 될 수 있는 사람들이 있지만, 너는 절대 아니야. 나를 모범생이라고, 착하다고, 선비라고 부르는 사람들의 혀 아래에는 그런 말이 숨어 있는 것 같았다.

노력해 보지 않은 것은 아니었다. 벗어나려고, 탈피하려고, '진짜' 예술가가 되려고 발버둥 쳤다. 그때부터 소설에서 사람들을 죽이기 시작했다. 밤을 새우고 '진짜' 소설을 읽고 삐딱한 마음을 품었다. 술도 못 마시면서 술자리에 억지로 참석했다. 끝까지 버텼다. 그러면 어디선가 바퀴벌레처럼 숨어 있던 상처성애자들이 나타났다. 네 상처는 뭐야? 너한테 무슨 결핍이 있어? 너 같은 애가 소설 쓸 자격이 있나?

절망적이었다.

세상과 쉽게 타협하고 기꺼이 거대한 조직의 일부가 되기를 원하는(그런 것처럼 보였던) 무리들 사이를 빠져나와 나로서는 인생 전체를 걸고 어떤 새로운 길로의 모험을 시작했는데, 기대와 달리 사람들은 내 선택과 일탈에 칭찬과 격려를 해주지 않았다. 어쩌면 그런 기대를 하는 것 자체가 나와 내 소설이 '순진하고 찌질하며 뻔할' 수밖에 없는 이유인지도 몰랐다. 그들은 색안경을 끼고 날 바라봤고, 작가로서의 나를 의심했으며, 거의 나를 파괴하고 싶어 하는 것처럼 느껴졌다.

아주 나중에서야 나는 하진이 했던 말에 뒷부분이 존재한다는 사실을 알게 되었다.

Follow your heart, but take your brain with you.

— 알프레드 아들러

52

지혜의 연락이 뜸해졌다.

나도 먼저 전화를 걸기가 망설여졌다. 사실 잊어버리기도 했다.

주로 수업을 할 때 엄마 생각이 났다. 수업이 끝나면 그 생각도 같이 사라졌다. 어쩌면 나는 전화를 할 수 없을 때만 엄마를 생각하는 건지도 몰랐다.

어느 날 저녁 오랜만에 지혜에게 전화가 왔는데, 이번에는 영상통화가 아니고 음성이었다. 출근길 지하철 안인지 주변이 시끄러웠다.

— 뭐 하고 있어?

— 수업 준비하고, 이제 소설 쓰려고.

소음 때문에 지혜가 하는 말이 잘 들리지 않았다. 몇 번 무슨 말이냐고 묻자 나중에 지혜는 거의 짜증을 냈다.

— 안 들려. 다시 말해 봐.

그때 소리가 갑자기 명료해지면서 지혜의 목소리가 쏟아

졌다.

— 제발 정신 좀 차려. 소설? 언제까지 구름 위를 걸어 다닐래? 지금 신선놀음할 때야?

그 구름으로 나 대신 백일장 대상 받은 건 너잖아. 순간적으로 머리에 그 생각이 스쳤지만, 다행히 입 밖으로 말하지는 않았다.

53

엄마가 그렇게 되었다는 이야기를 하자 Q 선생은 곧바로 유감을 표시했다.

"너무 안되셨다. 형제가 어떻게 돼요?"

여동생이 하나 있다고 했더니 그녀는 고개를 끄덕였다.

"동생이 힘들겠네."

그날 저녁 지혜가 했던 말이 떠올랐다. 언제까지 그렇게 현실 감각 없이 살 거야? 너는 거기서 고고하게 글이나 쓰고 나는 여기서 엄마만 보라고? 너 한국에 뇌를 두고 갔니? 생각이란 걸 좀 해 봐. 요즘 누가 책을 봐. 누가 소설 같은 걸 읽고 앉았냐고.

틀린 말이 아니어서 아팠다. 나는 한국에서 대학원을 다닐

때와 조금도 달라지지 않았구나. 여전히 순진하고 찌질하며 뻔하구나. 이제 그건 글쓰기 자체와는 상관이 없는 일처럼 느껴졌다. 운명이자 예언이자 계시 같았다. 어쩌면 그건 그냥 나라는 인간이 아닐까?

눈앞의 Q 선생은 다른 이야기를 하고 있었다.

"있죠, 이런 일이 있었어요. 우리 엄마가 방학 때 뉴욕에 놀러온 적이 있었는데, 나더러 자꾸 나이아가라 폭포에 가자는 거예요. 그래서 내가 거기 가 봤자 돈 내고 배 타면서 물 맞는 게 단데 왜 가냐고, 난 운전하기 싫다고 버텼죠. 왕복 13시간 운전을 어떻게 해요. 폭포 하나 보자고. 그랬더니 엄마도 며칠 조르다 지쳤는지 우드버리 아울렛에서 쇼핑만 잔뜩 하고 돌아갔어요. 폭포보다 여기가 낫네, 하면서. 근데 한국에 간지 1년도 안 돼서 엄마가 갑자기 돌아가신 거예요. 암으로. 나중에 장례 치를 때 상주실에 멍하니 앉아서 TV를 보는데, 글쎄 여행 프로그램에서 나이아가라가 나오는 거야. 배 타고 물 맞고 폭포 구경하고. 있지, 내가 여기서 비행기 타고 갈 때도 안 울고 입관할 때도 안 울었는데, 그거 보면서 오열을 했다니까. 그런 게 마음에 남아요. 아무것도 아닌 게."

8

서점에서 친구를 만나요

54

계절의 변화는 화장실 변기 커버로부터 온다.

나는 가을이 왔다는 사실을 배가 몹시 아팠던 어느 날 아침 알게 되었다. 과민성 장염은 한국에서부터, 그러니까 아주 어릴 때부터 이어져 온 익숙한 고통이었다. 아버지의 장을 닮은 게 분명했다. 아버지도 길을 걷다가, 운전을 하다가, 밥을 먹다가 화장실로 홀연히 사라지는 일이 잦았으니까. 잠을 제대로 못 자거나, 밤에 찬 음식을 먹거나, 스트레스를 받으면 어김없이 복통이 찾아왔다. 8시부터 하는 아침 수업이니 멀쩡한 날보다 그렇지 않은 날이 많은 게 당연했다.

전날 밤늦게 먹은 맥주와 나초 때문일까? 잔뜩 찍어 먹은 살사 소스가 문제였나? 서늘해진 변기 커버를 느끼며 새삼스레 원인을 찾고 있는데, 화장실 문과 벽에 커다란 글씨로 여기저기 'OWS'라는 문구가 씌어 있었다. 저건 또 뭐야?

며칠 뒤 동네 다이너에서 늦은 저녁을 먹다가, 텔레비전에서 흘러나오는 뉴스를 보고서야 그 의미를 깨달았다. Occupy Wall Street. 전 세계 인구의 1퍼센트도 되지 않는 월스트리트의 투자 회사와 그 직원들이 전세계 부의 80퍼센트 이상을 차지하는 것을 규탄하는 일종의 시위이자 사회 운동을 뜻하는 약어였다. 텔레비전 속 화면에서는 커다랗게 "We are the 99%"라고 적힌 현수막을 들고 월스트리트를 행진하는 시위대의 모습이 비춰지고 있었는데, 그들 뒤 건물 2층 발코니에서는 한 무리의 잘 차려입은 남녀가 샴페인을 들고 묘한 표정으로 시위대를 바라보고 있었다. 아마도 시위대가 규탄하는 투자 은행의 직원일 그들의 표정은, 너무나 평온하고 온화해서 무서웠다.

55

하지만 이런 생각도 든다. 나머지 99퍼센트는 모두 같을까?

우리 대부분이 1퍼센트에 들지 못한다는 것은 자명하지만, 저 시위대에도 함부로 끼지 못하는 나 같은 사람은 뭘까? 제3세계, 파 이스트 아시아에서 온 (구)유학생 (현)외국인 노동자, 강사 신분증에 적힌 것처럼 '논 레지던트 에일리언(non-resident alien)'인 나는?

56

지루한 일상이 반복된다. 수업 자료로 사용할 슬라이드를 만들고, 그날의 학습 목표를 정하고, 아침 일찍 일어나 맨해튼으로 출근하고, ACC에서 더듬거리며 영어로 수업을 진행하고, 받아쓰기와 퀴즈를 보고, 화장실에 들렀다가, 라운지에서 채점을 하고, 잠시 졸고, 던킨에서 점심을 먹은 다음 42번가 포트 어소리티 버스 터미널에서 166번 버스를 타고 집에 간다. 두 달 전 한글 자음과 모음도 몰랐던 학생들은 이제 인사를 나누고 이름을 묻고 친구에게 무얼 하냐고 어디에 가냐고 물을 수 있다.

너는 누구니?

어디로 가고 있니?

지금 무엇을 하고 있니?

버스를 타고 링컨 터널을 통과할 때마다 질문들은 자꾸 내게로 돌아온다.

57

뉴욕에는 수많은 서점들이 있지만, 그중 내가 가장 좋아했던 서점은 12번가에 있는 '스트랜드'다. 대학원 시절 염상섭의 『삼대』 영역본을 찾기 위해(도서관에서는 무슨 연유에선지 분실 처리되었다.) 들렀다가 매료된 이 서점의 슬로건은 '18 Miles of Books'로, 절판되었거나 구하기 힘든 책을 찾을 수 있는 마지막 보루 같은 곳이다. 말 그대로 18마일에 걸쳐 빼곡히 들어찬 책들 속을 헤매노라면 보물을 찾아 망망대해를 떠도는 기분마저 드는데, 결국 『삼대』는 찾지 못했지만 그 느낌이 나쁘지 않았다.

얼마 후 《뉴욕타임스》에서 유일하게 읽는 부분인 북 섹션에 '가장 많이 훔쳐 가는 책(The Best Stealer List)'이라는 특집 기사가 나와 주의 깊게 살펴보았다. 출판되는 책을 보면 그 사회의 정신을 통찰할 수 있듯, 도난되는 책을 살펴봐도 그렇다는 게 기사의 기획 의도였다. 그렇다면 뉴욕에서는 어떤 책이 훔쳐지는가?

거기 스트랜드 서점의 주인 프레드 베스의 인터뷰가 실려 있었다. 맨해튼 북부에서는 주로 사진집이나 미술서, 대중적으로 인기 있는 소설들이 도난당하는 데 반해, '스트랜드'에서는 철학과 고등 수학, 학술적인 신학 서적이 가장 많이 사라진다는 내용이었다. 뭐야, 이거 잘난 척이잖아? 그런 생각을 하며 읽고 있는데 인터뷰 말미에 그는 이렇게 덧붙였다.

"지식에 관해선 스스로 그럴 자격이 있다고 생각하는 사람들이 있어요. 소위 그런 지식인들이 책을 훔치죠."

58

한국어는 순서를 섞을 수 있다. 서술어만 고정한다면.

— 수지가 교실에서 한국어를 공부해요.
— 수지가 한국어를 교실에서 공부해요.
— 교실에서 한국어를 수지가 공부해요.
— 교실에서 수지가 한국어를 공부해요.
— 한국어를 수지가 교실에서 공부해요.
— 한국어를 교실에서 수지가 공부해요.

이건 마치 서점에 진열된 책들 같다. 마지막 책만 그 자리에 있으면, 나머지 책들의 순서를 어떻게 바꾸든 의미는 동일하다.

책을 훔쳐 다른 것으로 바꾸어 보면 어떨까?

— 엄마가 서점에서 아주머니와 이야기를 해요.

— 엄마가 이야기를 서점에서 아주머니와 해요.

— 서점에서 이야기를 엄마가 아주머니와 해요.

— 서점에서 엄마가 이야기를 아주머니와 해요.

— 이야기를 엄마가 서점에서 아주머니와 해요.

— 이야기를 서점에서 엄마가 아주머니와 해요.

마지막 두 줄은 영 이상하게 들린다.

59

미국에 오기 몇 해 전 어느 일간지에서 어머니와 관련된 에세이를 모집했다. 외국 영어덜트 소설로 대박이 난 출판사가 후원하여, 입상자들은 어머니와 함께 일본으로 온천 여행을 보내 준다는 공모였다. 쓸데없는 거 쓰지 말고 이런 것 좀

해 봐라. 괜히 사람이나 죽이지 말고. 엄마는 신문을 건네며 핀잔 주듯 말했다. 당시 '착한' 글에서 벗어나기 위해 소설 속에서 온갖 사람들을 죽이고 다니던 나는 순간 불쾌했지만, 오기가 생겨 그날 밤 바로 짧은 글 한 편을 썼다.

어린 시절을 추억하면 늘 떠오르는 하나의 장면이 있다.

사거리 한쪽에 위치한 작은 동네 서점. 위쪽에는 '한벗서점'이라는 간판이 달려 있고, 문과 창에는 각종 잡지와 문제집의 포스터가 붙어 있다. 가게에 들어서면 정면에 책방 아주머니와 계산대가 보이고, 사방은 책으로 가득하다. 서점의 오른쪽 구석에는 자그마한 빈 공간이 있는데, 그곳에는 쭈그리고 앉아 키득거리며 만화책 같은 것을 들여다보는 어린 시절의 내가 있다. 바깥은 오가는 차들로 소란하지만, 서점 안은 고요한 가운데 오직 어머니와 책방 아주머니 사이에서 간간이 터져 나오는 웃음소리만이 들려온다. 한가로운 여름날의 저녁을 생각하면 늘 떠오르는 풍경이다.

학교에서 돌아와 책가방을 내려놓을 때면 어머니는 내게 으레 "서점 갈래?"라고 물었다. 오랜 세월 동안 나는 그것이 어머니가 책방 아주머니와 친하기 때문이라고 생각했다. 그녀가 친구를 만나러 가는 길이 외로워 나를 데리고 가는 것이라고. 나는 그 제안이 싫지 않았다. 서점 안에는 늘 새로운 세계가 있었기 때문이다. 책 속에서 나는 고대의 왕자도, 중세의 기사도, 우주선 속의 비행사도 될 수 있었다. 만화책에서 잡지, 세계 명작에서 한국 소설까지, 엉거주춤 앉은 다리가 저려 오고 방광이 물로 가득 찰 때까지 책을 읽었다. 오직 어머니와 책방 아주머니의 대화가 영원히 끝나지 않기를 바라면서.

서른을 앞둔 지금에서야 나는 깨닫는다. 그녀는 책방 아주머니와 대화를 나누러 나를 데려갔던 것이 아니라, 나를 서점에 데리고 가기 위해 책방 아주머니와 친해져야 했던 것이다. 어머니의 목적은 대화가 아니라 책이었고 아들이었다. 아이가 자연스레 책을 읽는 그 몇 시간을 만들어 주기 위해, 어머니는 별다른 내용도 없는 수다를 몇 시간이고 계속해야 했던 것이다.

그런 유년의 기억 때문일까. 아직도 나는 어디든 책을 파는 곳에 들어서면 마음 한구석이 이유 없이 설레 온다. 그리고 그때마다 생각한다. 이 설렘을 선사하기 위해 숨겨야만 했던 어머니의 작은 비밀을.

나는 그야말로 《좋은생각》에 실릴 법한 이런 글을 썼고, 공모에 덜컥 당선되었다. 그 전에도 그 후에도 글을 써서 어딘가에 당선된 적은 없었기 때문에 기분이 좋으면서도 어딘지 허탈했다. 엄마는 그것 봐라, 엄마 말을 들으니까 뭐라도 되잖니, 하고 내 이름이 적힌 일간지 박스 기사를 오려 벽에 붙여 두었다. 그러나 막상 기자에게 여행에 필요한 개인 정보를 묻는 전화가 오자 엄마는 일정에 주일이 끼어 있다며 가지 않겠다고 했다.

온천 때문에 예배에 빠질 수는 없지.

전화를 끊으며 엄마는 말했다.

60

아야 아오키는 내 친구였다.

뉴욕에서는 딱히 친구라고 부를 만한 사람이 없었지만, 아야는 예외였다. 그녀는 나와 같은 처지의 일본어 강사로, 시각 예술을 전공하고 맨해튼에서 작품 활동을 하며 랭귀지 렉처러 일을 하고 있었다. 건물에서 종종 마주치기는 했지만 인사할 일은 없던 우리는 우연히 복사기 옆에 놓고 간 그녀의 핸드폰을 내가 찾아주면서 처음 차를 함께 마셨다.

그 뒤로 우리는 일주일에 한두 번 근처의 카페 자이트에서 이야기를 나눴다. 약속을 하고 만난 적은 없었지만 복사기 앞에 있으면 늘 어디선가 그녀가 나타났다. 아야는 한국어를 전혀 못 했고 나 역시 일본어와는 거리가 멀었으므로 대화는 영어로만 이뤄졌다. 도쿄 출신인 그녀는 일본에서 심리학 학부를 마치고 미국에 건너와 시카고에서 시각 예술을 전공했다. 동일본대지진이 일어난 지 겨우 1년쯤 지났을 때라 그녀는 고국의 가족과 친구들에 대한 걱정이 많았다. 불투명한 미래와 불안한 신분은 공통분모였다. 미국에 계속 머물 방법을 찾는 나와는 달리 아야는 빨리 일본에 돌아가고 싶다고 했다.

"내 이름, 어떻게 들려?"

아야는 종종 어디서부터 대답해야 할지 모르는 엉뚱한 질문을 던지기도 했다.

"왜?"

"그냥 궁금해서. 일본이랑 한국, 이름 많이 다르니까."

"음, 한국어로 네 이름은 모음의 시작이야."

나는 지극히 한국어 강사스러운 대답을 했다.

"아야 어여 오요 우유 으이. 한국어에는 모음이 이렇게 열 갠데, 그 첫 두 글자와 발음이 같아. 내가 듣기엔 예쁜 이름이야."

아야는 내 대답을 썩 마음에 들어 하는 것 같았다. 물론 이중모음이 열한 개나 더 있지만 그건 굳이 말하지 않았다. 아야와 함께 있으면 같은 아시아인으로서 느껴지는 친밀함과 서로 익숙지 않은 외국어를 사용하면서 생기는 거리가 동시에 존재했고, 나는 그게 좋았다.

"음악 좋아해?"

점점 양이 늘어나는 수업 준비와 채점으로 지쳐 있던 어느 오후, 복사기 앞에서 만난 아야가 물었다. 고개를 끄덕이자 그녀는 가방에서 CD를 하나 꺼내 내밀었다.

"이것만 다 카피하고 내려가서 커피 마시자. 오늘은 내가 살게."

아야는 손사래를 치며 오늘은 시간이 없다고 했다.

61

아야가 준 앨범은 일본의 기타리스트 고타로 오시오의 「You & Me」였다. 나는 그중 3번 트랙이 가장 마음에 들었는데, 앨범 뒷면을 보니 거기엔 이미 붉은색 밑줄이 그어져 있었다.

9

마이클의 하루

62

시간을 묻고 답하는 법을 가르친다.

1. 두 사람씩 짝을 짓게 한다.

2. 순서를 정한다.

3. 화면에 시계 그림을 띄워 놓고 먼저 묻는 사람이 '지금 몇 시예요?'라고 묻는다.

4. 대답하는 사람은 시곗바늘이 가리키고 있는 시간을 말한다.

5. 시계 그림을 바꾸고, 역할을 바꾸어 3번과 4번을 진행

한다.

문제는 한국어로 시간을 읽는 방법이 꽤 혼란스럽다는 사실이다.

가령 시간을 나타내는 큰 시간 '10'은 '열'이라는 고유어로 읽지만, 분을 나타내는 작은 시간 '10'은 '십'이라는 한자어로 읽는다. 30분을 뜻하는 '반' 역시 한자어다. 시간을 제대로 읽기 위해서는 한국어의 숫자 체계를 알아야 하는데, 고유어와 한자어 체계가 공존하고 있어 구분이 쉽지 않다. 나이도 마찬가지다. 말할 때는 스물한 살이라고 하는 편이 자연스럽고 읽을 때는 숫자로 이십일이라고 읽는 편이 자연스럽다. 스물한 살과 이십일 세. 같은 표현인데 왜 두 가지로 나누어 쓰냐고 물으면 답하기가 어렵다. 한국어는 매크로 투 마이크로의 언어니까 중요한 것(시)에는 고유어를 쓰고 덜 중요한 것(분)에는 한자어를 쓴다고 해야 할까? 그렇다고 해도 일관성의 문제는 여전히 남는다.

짝을 바꾸고 순서를 교환한다. 남은 수업 내내 시간을 묻고 답하는 목소리들이 교실의 시간 속을 천천히 흘러간다.

63

한국어에서 시간은 '시간'이라는 단어 하나뿐이지만 고대 그리스 사람들은 시간을 세 가지 단어로 구분했다. 아이온(aion), 크로노스(chronos), 그리고 카이로스(kairos). 아이온은 시작도 끝도 없는 시간, 무한하고 신성하고 영원한 시간, 그러므로 신의 시간이다. 크로노스는 양적이고 균질한 시간, 수동적이고 무관심하며 무의미한 시간, 그러므로 인간의 시간이다. 마지막 카이로스(kairos)는 질적이고 특별한 시간, 구별되고 이질적이며 의미를 지닌 시간, 말하자면 신의 시간과 인간의 시간이 만나는 시간이다.

우리는 아이온에 둘러싸인 채 크로노스 속을 살아가는 존재다. 무심하지만 규칙적으로 흐르는 크로노스를 좀처럼 벗어날 수 없는 시간 감옥의 죄수이기도 하다. 하지만 삶에는 가끔씩 카이로스가 찾아오는데, 이를테면 화살이 날아가거나 아이가 태어나는 순간 같은 것들이 그렇다. 이전과 이후가 갈라지고, 한번 일어나면 결코 그 이전으로는 돌아갈 수 없는 시간.

따라서 시간을 묻는 방법은 두 가지여야만 한다.

1. 크로노스를 물을 때: 지금 몇 시예요?
2. 카이로스를 물을 때: 그건 어떤 시간이었나요?

64

나는 학생들에게, 두 번째 시간에 관해 묻는 법을 가르쳐 주어야 했던 건 아닐까? 그들에게 내 수업은 어떤 시간으로 기억될까?

65

마이클은 오후에 수업이 없어 리사와 테니스를 쳤다는 예문을 읽으며 나는 얼마 전 만나고 온 또 다른 마이클을 떠올렸다. 창백한 얼굴로 곱게 누워 있던 마이클. 나보다 마흔두 살이 더 많은 마이클. 이제 다시는 테니스를 칠 수 없는 마이클.

마이클은 전에 살던 동네 에지워터의 아파트 이웃이었다. 어렸을 때 배웠던 테니스를 자주 칠 기회가 없어 잊고 지내던 나는 미국에 와서야 비로소 테니스 치는 즐거움을 알게 되었다. 차 트렁크에 라켓과 운동화를 넣고 다니면서 곳곳에 있는 퍼블릭 코트를 발견할 때마다 내려서 치는 게 일종의 취미가 되었다. 가끔 테니스 라켓을 든 채 마이클과 엘리베이터에서 마주칠 때가 있었는데, 그때마다 그는 관심을 보이며 이런저런 테니스 관련 조언을 해 주곤 했다. 마이클은 한눈에도 노인으로 보였기 때문에 처음에 나는 말끝마다 'Sir'를 붙였지만 그는 절대 그러지 말라고 했다. 그냥 마이클이라고 불러. 그게 내 이름이니까. 나중에서야 건물 관리인을 통해 그가 젊었을 때 꽤 유명했던 지역 테니스 선수였다는 사실을 알게 되었다.

"내가 테니스 잘 치는 비법 알려 줄까?"

마지막으로 만났을 때 그는 몹시 피곤해 보였다.

"늙지 마."

돈 겟 올드라고 말하는 그의 입술 여기저기가 갈라져 있었다. 그 후 나는 작별 인사도 하지 못하고 취업과 함께 급히 잉글우드로 이사를 갔다.

지난 주말 옛 주소로 배송된 우편물을 찾으러 에지워터 아파트에 들렀다가 주차장에서 관리인 토미를 마주쳤다. 그는 오랜만이라며, 소식을 듣고 온 거냐고 물었다. 무슨 소식? 편지 찾으러 온 건데. 그는 고개를 절래절래 흔들었다. 새드 뉴스야. 마이클이 천국에서 테니스를 치게 됐어. 토미의 말을 이해하는 데는 몇 초의 시간이 필요했다.

"지, 시간 괜찮으면 오늘 ……같이 갈래?"

나는 그가 ……라고 말한 부분을 제대로 듣지 못해 다시 물었다. 뭐라고?

"뷰잉 말이야."

그 전까지 나는 미국의 장례 문화에 관해 전혀 아는 바가 없었기 때문에, 토미가 말한 뷰잉(viewing)이 뭔지도 몰랐다. 관리인 차를 얻어 타고 장례식장에 가서야 뷰잉이 죽은 사람을 곱게 화장해서 뉘어 놓고 마지막 인사를 나누는 장례 의식이라는 것을 알게 되었다. 검은 옷을 입은 사람들이 한 줄로 서서 유족들과 인사를 나누고, 관 속에 누워 있는 마이클과 나름의 작별 인사를 했다. 어떤 사람은 입을 맞추었고, 어떤 사람은 손을 만졌다. 조용히 눈물을 흘리는 여인 뒤에서 오래 기다리기도 했다. 마침내 차례가 되었을 때, 나는 마이클을 가만히 내려다보기만 했다. 그의 얼굴은 너무 평온하고 화사해서, 죽음이라고는 한 번도 경험해 보지 않은 사람처럼 보였다. 갈라져 있던 입술이 분홍빛으로 반짝거리고 있었다. 관에 새겨진 그의 풀네임은 마이클 D. 맥파덴이었다.

돌아오는 길에 나는 관 속에 누워 있는 엄마를 상상했다.

66

한국어에서 부정문을 만드는 방법은 여럿이지만, 대표적인 것 중 하나는 '안'과 '못'을 이용하는 것이다. '안'은 일반적인 부정(general negation)을 할 때 쓰이는 부사로, 영어의 'do not'과 비슷한 의미다.

해나: 마이클 씨, 이번 여름에 스페인어 수업 들어요?
마이클: 아니요. 안 들어요. 한국어 수업만 들어요.

'안'에 의지와 선택의 의미가 들어 있는 데 반해, '못'은 그보다는 영어의 'cannot'과 비슷하다. 하고 싶은데 물리적, 상황적, 기능적 제약으로 하지 못한다는 의미가 들어 있다.

새라: 루카스 씨, 오늘 파티에 갈 거예요?
루카스: 아니요. 못 가요. 내일 시험이 있어요.

스페인어 수업을 딱히 듣고 싶지 않은 첫 번째 예문 속 마이클과 달리, 루카스는 파티에 가고 싶지만 갈 수 없다. 내일의 시험 때문에.

그러니까 내 친구였던 마이클은 이제 테니스를 못 치고,

나는 그를 못 본다. 영원히.

67

엄마는 부정문을 즐겨 사용했다. 아침에 잠을 깨울 때는 '학교 안 갈 거지?', 시험을 보고 오면 '못 봤니?', 밥을 먹을 때는 '맛이 없어?', 무표정하면 '기분 안 좋아?'. 머리가 커지면서는 그 부정문의 파도가 너무 싫어서 엄마에게 뭐라고 대들기도 했다. 엄마, 난 그 말만 들으면 일어나기가 싫어져. 엄마는 억울하다는 듯 말했다. 그럼 뭐라고 하면서 깨우니?

엄마의 상태가 갈수록 안 좋아지는 것 같다고, 오빠가 들어와 보는 게 좋겠다고 지혜가 말했을 때, 나는 언젠가의 엄마처럼 답하고 말았다.

"아직 학기 중이잖아. 못 가."

68

돌이켜 보면 엄마만 부정문을 사용했던 건 아니었다. 고등학교 시절, 몇 날 며칠의 고민 끝에 나는 좋아하던 여자애에게 포스트잇 가득 편지를 쓰고, 마지막으로 덧붙였다.

너에 대한 호감을 부인하기 힘들었어.

왜 그때 나는 '널 좋아해.'라고 쓰지 못했을까?

69

수업 준비와 채점이 끝나면 자정 무렵이었다. 내일 아침 수업을 생각하면 빨리 자는 게 옳은 선택이었지만 그렇게 되는 날은 많지 않았다. 비슷한 하루가 반복될수록 생각이 많아지고 자는 시간은 늦어졌다. 사는 낙은 없는데 마음이 늘 불편했다. 잠이 올 때까지 집 건너편 리큐어 스토어에서 사 온 싸구려 와인을 비우는 날이 잦아졌다.

이러면 안 되겠다 싶어 차라리 밖으로 나가 걷기 시작했다. 술 대신 습하고 서늘한 밤공기를 마시니 어딘가 정화되는 느낌이었다. 천 달러 안팎의 렌트비를 내는 고만고만한 집들을 지나 언덕 쪽으로 올라가면 집 하나하나가 멀찌감치 떨어져 있는 부자 동네 잉글우드클리프가 나왔다. 집 한 채의 규모가 내가 사는 단지 전체와 비슷한 성 같은 저택들 사이를 헤매다 보면 이상하게 정신이 맑아지고 마음이 편해졌다. 심야 산책은 곧 하루를 끝내는 일종의 의식이 되었다.

때로는 가로등이 닿지 않는 길 한가운데 서서 한참 동안 어둠을 노려보기도 했다. 정확히 설명할 수는 없지만, 그 어둠 속에는 뭔가 들어 있는 것처럼 보였다.

70

작문 시험:

아녕하세요. 저는 애덤 홍 이에요.

제 생일 은 삼월 쉽오일 이에요.

저는 일학년 하고 미국 사람이에요.

저는 한국어 수업을 들러요. 그리고 숙제가 마나요.

그래서 매일 한국어를 공부해요.

열다섯 분 기숙사 에서 학교 까지 걸어서 가요.

저는 아침을 보통 안 막아요.

저는 테네스 안 좋아해요. 그런대 푸ㅌ볼 조하헤요.

한국어 수업은 어렵어요.

10

서울 날씨가 참 좋지요?

71

군대에 있던 30개월을 빼면 서울을 벗어나 살았던 적은 없다. 나에게 서울은 익숙하고 당연하며 유일한 세계였다. 더 많은 이름을 가진 도시들은 쉽게 '지방'이 되었지만 서울은 언제나 서울이었다. 서울보다 북쪽이든 남쪽이든 서울은 '올라가는' 곳이었고 지방은 '내려가는' 곳이었으니까. 국가와 민족을 상상의 공동체라 할 때, 적어도 대한민국이라는 하나의 우주에서는 가장 정점인 곳에서 살아온 셈이다.

그런데 뉴욕에서는 그 모든 위계가 깨져 버린다. 여기서 서울은 저기 아시아의 변방에 있는, 아니 대개는 어디 붙어 있는지도 모르는 미지의 동네이고, 서울을 설명하기 위해 '코리아'를 불러오는 순간 나는 어느 쪽에서 왔는지를 한 번 더 말해야만 하는 나라의 국민이 된다.

"노스 오어 사우스?"

ROK와 DPRK 사이, 서울과 뉴욕 사이, 태평양과 대서양 사이.

나는 서울을 벗어나서야 서울이 얼마나 작은지를 깨닫는다. 비로소 서울을 그리워하는 법을 배운다.

72

Seeking Agreement: ~지요?

A: 오늘 날씨가 참 좋지요?

(The weather is very nice today, isn't it?)

B: 네, 정말 좋아요.

(Yes, it is really nice.)

대화에서 상대방의 동의나 확인을 구할 때 '지요'나 축약형 '죠'를 사용한다. 구문과 예문을 설명하고 따라 읽기를 시키는

데 학생들 몇이 웃는다. 오늘은 맨해튼 전체에 폭우가 몰아치는 날이었기 때문이다. 나는 수업을 멈추고 예문을 바꾸어 읽히고 싶은 충동을 느낀다.

오늘 날씨가 참 거지 같죠?

73

복사기 앞에서 두 사람을 보기가 어려워졌다.

Q 선생과 아야.

내가 복사를 하고 있으면 문을 열어 손짓하던 Q 선생도, 복사할 일본어 받아쓰기 자료와 시험지를 들고 기다리던 아야도 보이지 않는다.

왜일까?

복사기 사이로 새어 나오는 규칙적인 불빛의 이동을 바라보며 나는 아야가 말끝마다 버릇처럼 했던 말을 떠올린다.

"곧 알게 되겠지.(We'll see.)"

한국어에는 없는 그 말이 문자 그대로 다시 읽힌다.

우리는 볼 것이다.

우리는 보게 된다.

우리는 보게 될까?

74

학기가 거의 끝나가지만 아직도 학생들이 적응하지 못하는 것 중 하나는 존댓말이다. 영어로는 이를 'honorific expression'이라고 부르는데, 한국어의 높임말은 그 스펙트럼이 너무나 넓고 다양하기 때문에 제대로 설명하기도 어렵고 이해하기도 어렵다. 간단히 말하면 나를 낮추거나 남을 높이거나 둘 다 하거나 하는 것인데, 상황과 맥락에 따라 다르고 복잡하며 일관성이 없다는 게 문제다.

교과서에서는 공식적으로 반말을 가르치지 않고, '~요'로 끝나는 기본형 문장을 폴라이트 엔딩(polite ending)이라 하여 표준으로 삼는다. 물론 이것도 실생활에서는 충분한 높임말이 되지 못해 오해를 살 소지가 다분하지만, 일단은 이게 차선일 수밖에 없다.

폴라이트 엔딩보다 더 높은 격식과 예의가 요구될 때 사용하는 것이 데퍼런셜 스타일(deferential style)이다. 우리말로 하면 '다나까' 말투 정도일까. 이것만 잘 사용해도 높임말을 어느 정도는 잘 구사할 수 있기 때문에 이를 '~(스)ㅂ니다/까?'의 형태로 가르친다.

A: 처음 뵙겠습니다.

B: 반갑습니다.

A: 언제 한국에 갑니까?

B: 이번 여름에 갑니다.

A: 지난 주말에 뭐 했습니까?

B: 친구하고 같이 테니스를 쳤습니다.

75

너 정말 안 들어올 거야?

지혜의 독촉이 심해지고 있다.

오빠가 사람 새끼야? 엄마 이제 말도 잘 못 해. 니 이름만 부르다가, 이젠 그것도 못 한다고.

지혜는 내가 대답할 틈을 주지 않는다.

너 쓰레기지? 어? 그지?

동의를 구하거나 니가 믿는 사실을 확인받을 때는 '~지요'를 붙여야 해, 지혜야. 너 쓰레기지,가 아니라 너 쓰레기지요? 라고 물어야 한다고.

아 네, 알겠습니다. 아무 말도 안 하신다고요? 끊습니다.

짧은 시간 동안 반말, 비속어, 폴라이트 엔딩을 섞어서 사용하다가 끊을 때는 데퍼런셜 스타일로 마무리하는 지혜야말로 한국어의 달인이다. 나 말고 문지혜가 한국어를 가르쳤어야 하는데.

76

생각해 보니 Q 선생도 나에게 같은 표현으로 물은 적이 있다.

"문 선생님은 이거 안 해도 글 써서 먹고살 수 있죠? 좋겠다. 부러워."

77

그때 왜 난 아뇨, 그럴 수 없습니다,라고 답하지 못했을까? 글을 써서 먹고살려고 하는 건 미친 생각이에요,라고 정확히 대답해 주지 못했을까? 아니, 아니, 왜 처음부터 나에게 이 길로 들어오지 말라고 누군가 말리지 않았을까? 자기들은 다 알고 있었으면서?

학부 시절 소설을 쓰고 싶지만 방법을 몰라 방황할 때, 나는 같은 과 교수이자 저명한 문학평론가, 그리고 유력한 문예지의 편집위원이었던 P 선생님을 떠올렸다. 그라면 내 길을 열어 주지 않을까? 아니, 적어도 필요한 조언 정도는 해 주지 않을까? 나는 그때까지 내가 쓴 것 중 가장 잘 썼다고 생각하는(그러나 지금에 와서는 그때의 나에게 주먹을 날리고 싶은) 소설 두 편을 골라 첨부하고, 길고 정성스러운(지금 생각하면 몹시 부담스럽고 질척거리는) 이메일을 썼다.

정확히 일주일 후 P 선생님의 답장이 도착했다.

문지혁 군에게

보내 준 편지와 소설 잘 받았네.

정말로 작가가 되고 싶다면 신춘문예나 문예지 신인문학상에 응모해 보는 것을 권하고 싶네.

요즘은 수준 높은 응모작들이 별로 없으니 잘만 쓰면 당선이 되리라 생각하네.

행운을 빌며,

P.

'잘만 쓰면'이라는 말의 진짜 의미는 뭐였을까? 나는 그걸 하지 못해 여태 헤매고 있는 걸까? 나는 글이 막힐 때마다 선생님의 이메일을 다시 꺼내 보곤 했다. 언젠가 새롭게 깨닫게 된 사실: 선생님 이름 밑으로는 선생님의 공식 직함이 쭉 나열되어 있었는데, 그 목록은 편지보다 길었다.

78

누군가 말했다. 소설은 인간의 내면을 탐구하기 위해 고안된 형식이라고. 한때는 소설이 모든 예술 장르를 통틀어 가장 각광받던 행복한 시절도 있었지만, 이제는 (과연 그런 시절이 있었는지 의심스러울 정도로) 아무도 '인간의 내면을 탐구하기 위해' 소설 같은 걸 읽지 않는다. 재미와 의미, 이야기와 스토리텔링, 감정과 내면은 죄다 텔레비전에, 극장에, 아니 그냥 넷플릭스와 아마존과 유튜브에, 손안의 핸드폰에 들어 있다. 그렇다면 21세기에 소설은 무엇을 해야 하는 걸까? 침몰하는 갑판 위에 가만히 서서 더 이상 할 수 없을 때까지 이대로 바이올린을 연주하면 되는 걸까? 끝없는 1인칭의 주절거림 말고, 다른 무엇이 소설이 되는 일이 가능하기는 할까?

79

스무 살 즈음, 처음 작가가 되겠다고 말했을 때 아버지는 흔쾌히 그러라고 했다. 그리고 물었다.

"그래, 그럼 직업은 뭘 가질 거냐?"

80

얼마 후 2000년 여름, 진주의 훈련소에서 나는 한 통의 편지를 받았다. 고등학교 시절 첫사랑이었던 친구에게서 온 편지였다. 찌는 듯한 무더위, 참기 힘든 땀 냄새, 낯선 훈련으로 보낸 하루의 끝에 도착해 있는 분홍색 편지지는 그 자체만으로 구원이라는 단어처럼 보였다.

> 의사나 경찰관이 되는 것은 하나의 '진로 결정'이지만,
>
> 작가가 되는 것은 다르다. 그것은 선택하는 것이기보다 선택되는 것이다.
>
> 글 쓰는 것 말고는 어떤 일도 자기한테 어울리지 않는다는 사실을 받아들이면,
>
> 평생 동안 멀고도 험한 길을 걸어갈 각오를 해야 한다.*

청소를 마치고 내무반에 앉아 읽어 내려간 그녀의 편지 말미에는, 생뚱맞게도 누군가의 글이 인용되어 있었다. 아마도 너무 많이 남은 편지지의 빈칸을 채우기 위해 동원된 문구일 것이다. 그러나 올망졸망한 손 글씨로 쓰인 그 짧은 글귀에 스물한 살의 나는 그만 매료되고 말았다. 선택하는 것이기보다 선택되는 것이라니. 평생 동안 멀고도 험한 길을 걸어갈 각오를 해야 한다니.

상병을 달고도 한참 후에야 그것이 폴 오스터의 자서전 『빵 굽는 타자기』에 등장하는 문장이라는 것을 알았다. 나는 보물의 위치가 표시된 지도를 손에 쥔 어린아이처럼 우쭐해졌다. 작가가 되는 것은 신의 부름과도 같은 거대한 수동성에 순종하는 일이라는 생각을 품게 되자, 아무것도 특별할 것 없던 꿈이 빛나기 시작했다. 나는 쉴 새 없이 썼고, 쓰는 대로 투고했으며, 어느 곳에서도 답신을 받지 못했다. 신춘문예와 문예 공모, 각종 문학상에 떨어지는 횟수가 거듭될수록 자신감은 불안으로, 불안은 절망으로, 절망은 확신으로 변해 갔다. 신이 선택한 사람은 신만이 아는 것이라는 생각이 들었다. 신탁을 잘못 해석하는 것은 전적으로 인간의 책임인 것이다. 그 후 10여 년 동안 나는 재능의 부족을, 기회의 부재를, 행운의

* 폴 오스터, 김석희 옮김, 『빵 굽는 타자기』(열린책들, 2000).

결여를 탓하며 천천히 가라앉았다. 세상 어디에도 나의 자리는 없었고, 길을 잃었다는 것을 깨달았을 땐 이미 바닥을 파고 있었다.

그런데 그건 내 착각이었다.

말하자면 이런 것이다. A라는 여자를 만나 사랑에 빠졌는데, 나중에 B라는 여자를 만났다. 그런데 그 B는, 내가 A보다 먼저 만났다면 사랑하지 않았으리라고 확신할 수 없는 매력적인 사람이었다는 이야기. 내게 있어 그 B는 바로 커트 보니것의 문장이었다.

> 만일 부모에게 치명적인 상처를 주고 싶은데
> 게이가 될 배짱이 없다면 예술을 하는 게 좋다.
> 이건 농담이 아니다.*

다시 2000년 여름으로 돌아가고 싶다. 그때 그 애는 폴 오스터가 아니라 커트 보니것을 적어 주었어야 했다.

---

* 커트 보니것, 김한영 옮김, 『나라 없는 사람』(문학동네, 2007).

81

예술학교 문예창작과 대학원 졸업 학기에 과 전체가 참여하는 창작 워크숍에 간 적이 있다. 미친 소리 같지만 우리 과는 워크숍에 가면 백일장을 했다. (워크숍의 본질은 술 먹고 노는 것 아닌가? 게다가 매일 지겹게 쓰는 글을?) 그런데 다들 하기 싫다고 짜증을 내다가도 막상 시작하면 눈빛이 달라지곤 했다. 상금이 있는 데다가 보이지 않는 자존심까지 걸려 있기 때문이었다. 설렁설렁 하는 것 같으면서도 실상은 모두가 열심히 매달렸다. 나 역시 (비록 등단은 못 했지만) 대학원 졸업반으로서 학교에 남아 있을 후배들에게 뭔가 보여 주고 가겠다는 오만한 생각을 하고 있었다. 평소 좋아하고 존경하던 선생님들 여럿이 심사위원으로 함께 따라간 것도 자극이 됐다.

그날 저녁, 모두가 회의실에 모였다. 저녁 먹기 전에 제출한 글 중 좋은 작품을 뽑고 심사평을 듣는 시간이었다. 작은 상을 받을 사람들을 호명하고 나서 큰 상 차례가 되었을 때 심사위원장 선생님이 내 이름을 불렀다. 그녀는 중견 소설가로, 단단하고 정확한 문장을 쓰는 사람이었다. 나는 그녀가 나의 이름을 불러 주어 기뻤다.

"지혁 씨 글은, 너무 반듯한 게 탈이에요."

예상치 못한 말이었다. 그럼에도 불구하고 상을 주겠다는 게 아니라, 그래서 상을 줄 수 없다는 말이었다. 나는 몹시 부끄럽고 수치스러웠다. 상을 못 받아서라기보다는 그 '반듯하다'는 말 때문이었다. 그건 마치 너는 결코 진짜 예술가가 될 수 없다는 비아냥처럼 들렸다. 내 딴에는 남들이 정해 놓은 길을 말 그대로 '반듯하게' 가다가 큰 일탈을 결심하고 여기까지 왔는데, 그 자리에서 그런 얘기를 들으니까 속이 뒤집어졌다. 그럼 어떡할까? 그냥 그만둘까? 죽을까? '순진하고 찌질하며 뻔하다'는 평가, 날 미치게 만들었던 그동안의 이야기들이 어지럽게 겹쳤다.

말대답하는 성격은 못 되지만, 그날 나는 분노를 담아 큰 소리로 대답했다.

"그럼 앞으로 비뚤어지겠습니다."

학생들 사이에서 웃음이 터졌다. 선생님들도 웃었다. 두 사람만 웃지 않고 있었다. 거울을 보지 않아도 머리끝까지 벌겋게 달아올랐음이 분명한 나와, 그 소설가 선생님.

웃음이 잦아들자 그녀는 정색하며 말했다.

"지혁 씨가 그렇게 대답하면 안 되죠."

소설가는 덧붙였다.

"반듯한 게 어때서요,라고 해야지."

말문이 막혔다.

그러면 대체 어쩌란 말인지. 반듯해도 뭐라 하고, 비뚤어지겠다고 해도 뭐라 하니. 좋아했던 선생님이 원망스럽고 이 난감한 상황이 싫었다. 얼굴은 다 타 버릴 듯 붉어지다 못해 끝내는 핵융합이 휩쓸고 지나간 백색왜성처럼 창백해졌다. 나는 그 자리에서 그냥 엎드려 죽고 싶었다.

82

기말고사를 앞두고 수업 내용을 정리하면서 학생들에게 유튜브 영상을 보여 주었다. 이번 챕터 본문에 나오는 서울의 '광화문 광장'을 소개하는 영상이었다. 자신을 여행 유튜버라고 소개한 젊은 여성이 눈과 비슷한 위치에 카메라를 장착하고 1인칭으로 광화문과 그 일대를 돌아보는, 흔히 말하는 POV(Point of View) 영상이었는데, 4K로 촬영된 화질 때문인지 흔들림 없는 짐벌 때문인지 정말로 내가 광화문을 걷고 있는 것 같은 착각을 불러일으켰다.

영상을 보고 난 뒤 학생 한 명이 손을 들고 물었다.

"선생님도 저기 걸어 본 적 있어요?"

나는 뭐라고 대답하려다가 그냥 웃고 말았다. 엄마가 보고 싶었다.

11

기말고사:

짧은 극 만들기

83

나: (영어로) 지금부터 기말고사를 시작하겠습니다.
1조부터 나와서 스킷 프레젠테이션을 준비해 주세요.
올리비아, 패트릭, 제이미, 크리스틴!

올리비아: 안녕하세요 여러분!
어떻게 지내써요?
오늘 우리 자기 소게 하고 재미있는 시간 가질 거예요.
여기서 애인 만들면 여행 갈 수 있어요.

그러면 돈 삼천 달러 줍니다.
준비가 다 돼지요?
그럼 패트릭 씨 부터 말습하세요.

패트릭: 저는 패트릭예요.
스물살이고 뉴역 살아요.
전공은 심리 공부예요.
그런데 영화 아주 좋아하고 매일매일 봐요.
그래서 나는 영화장에서 일해요.

올리비아: 그리고 제이미 씨 말습하세요.

제이미: 안녕하세요?
만나서 반가워요.
내 이름은 제이미입니다.
스물 삼 살이에요.
수영 아주 좋아해서 중국에서 뉴욕까지 수영해서 와요.
두 달 걸렸어요.
그리고 개 열두 마리 있어요. 고양이 업써요.

올리비아: 그러면 크리스틴 씨도 말씀하세요.

크리스틴: 네, 안녕하세요.

제 이름은 크리스틴이에요.

나는 대학원생입니다. 그리고 열일곱 살이에요.

왜냐하면 저는 친자친자 스마트입니다.

두 년 동안 남자 친구 없어요.

그런데 집에 부모님 하고 동생 두 명 있어요.

우리 사이가 아주 좋아요.

내 집이 로스앤젤레스에 있어요.

그래서 지난 크리스마스에 뉴욕에서 로스앤젤레스까지 버스로 왔어요.

올리비아: 그러면 이제부터 서로 질문을 묻게습니다.

패트릭: 액션 영화 좋아해요?

크리스틴: 아니요, 로맨틱 코미디 영화 좋아해요.

제이미: 당신이 좋아하면, 저도 좋아해요.

패트릭: 보통 주말에 뭐 해요?

크리스틴: 저는 도서관에서 한국어 공부해요.

제이미: 나는 엄마 하고 아빠 만나러 중국에 가요.

패트릭: 한국음식 좋아해요, 미국음식 좋아해요?

크리스틴: 저는 중국음식을 좋아요.

제이미: 나는 당신이 좋아하는 음식을 아주 좋아해요.

패트릭: 한국남자 좋아해요?

크리스틴: 아니요, 안 좋아해요.

제이미: 네, 나는 당신 좋아해요.

올리비아: 그러면 패트릭 씨 누구 제일 좋아해요?

패트릭: 크리스틴은 너무 젊은 사람이고 제이미 씨는 미친

사람이에요.
그리고 저는 남자를 좋아해요.

크리스틴: 저도 너 싫어!

제이미: 나랑 결혼해요!

(크리스틴과 제이미가 패트릭에게 달려들고, 패트릭은 교실 밖으로 도망간다.)

올리비아: 오늘 재미있었어요. 애인 없어서 삼천 달러는 제가 가질 거예요.
여러분 모두 안녕히 가세요!

나: 수고했어요. (영어로) 자, 이제 2조 나와 주세요.

84

마지막 수업을 하는 날에는 비가 왔다. 조금 늦어서 오늘은 커피를 생략하고 들어갈까 하다가, 궂은 날씨에도 빌딩 앞에 변함없이 서 있는 푸드트럭을 보니 그냥 지나칠 수가 없었다. 나는 늘 하던 대로 커피 한 잔을 주문하고, 낯익은 중동 사내에게 오늘이 내 마지막 수업임을 알렸다. 커피를 받은 다음 지갑에서 20달러짜리를 꺼내 그에게 건넸다. 늘 하던 말, 킵 더 체인지를 덧붙이면서. 그는 지폐를 보더니 조금 놀란 것 같았고, 뭔가 더 말하고 싶은 듯도 했다. 하지만 머뭇거리던 그는 이내 표정을 바꿔 평소처럼 인사했다. 그의 인사가 평소와 조금 달랐다는 것을 나는 교실 문을 열 때쯤에야 알았다.

"갓 블레스 유, 마이 브라더."

85

스킷 프레젠테이션을 마친 학생들은 홀가분해 보였다. 거의 모든 극이 비문과 오류, 끔찍한 실수투성이였지만 모두가 즐거워했다. 수업이 끝난 뒤 몇몇이 다가와 함께 사진을 찍자고 말했다. 두 학생은 조그마한 카드와 종이 봉투를 건넸다. 봉투에는 (아마도 한인 마트에서 샀을) 한국 과자가 몇 봉지 들어 있었고, 카드에는 시험지에서 자주 보던 삐뚤빼뚤한 글씨로 한국어가 적혀 있었다.

선생님 체고!

12

그레이스 피리어드

86

종강 후 Q 선생에게서 만나자는 연락이 왔다. 아야와 늘 만나던 카페 자이트에서였다. 버스를 타고 맨해튼으로 향하면서 나는 아마 좋지 않은 일 때문일 거라고 짐작했다. 별일 아닐 수도 있겠지만 최소한 좋은 소식은 아니다. 만약 기쁜 소식(예를 들면 풀타임 계약서를 쓰자는 등)이었다면 통화할 때 벌써 알려 주었을 것이다. 어려운 말을 하려고 들면 자꾸만 신중해지고 길어지는 법이니까. 그러면서도 마음은 자꾸만 그렇지 않을 1퍼센트의 확률에 기대고 싶어졌다. 버스가 터널을 지나 맨해튼으로 들어섰다. 12월 들어 한두 번 흩날리듯 내린

눈이 빌딩 끝마다 크림프로스팅처럼 조금씩 묻어 있었다.

"미안하게 됐어요."

주문한 음료가 나오기도 전에 Q 선생이 말했다. 그녀는 캐모마일티를, 나는 아메리카노를 기다리고 있었다. 마침 음료가 나와 각자 들고 빈 테이블로 걸어가며 내가 말했다.

"잘 안됐나 보네요."

Q 선생은 자리에 앉아 플라스틱 뚜껑에 티백을 꺼내 올려 두었다. 김이 확 올라오면서 그녀의 안경이 뿌옇게 흐려졌다.

"커미티를 통과하지 못했어요."

그녀는 안경을 벗어 옷 끝으로 닦으며 말했다. 순간 나는 오래전 문예창작과 워크숍에서 느꼈던 것과 비슷한 감정을 느꼈다. 또다시 어디에서도 받아들여지지 못하는 존재가 된 것 같은 기분. 지혁 씨는 그게 탈이에요. 이번에 내가 탈이 난 건 무엇 때문이었을까.

"문 선생님이 뭐가 부족해서가 아니에요. 혹시 오해할까 봐 이야기하는 거예요. 다만……."

나는 종이컵의 뚜껑을 열었다. 아직 채 사라지지 않은 베이지색 크레마가 커피를 얇게 덮고 있었다.

"자세히 얘기 안 해 주셔도 괜찮아요."

크레마를 바라보며 내가 말했다.

강사를 채용하는 커미티는 학과장과 보직 교수, 각 외국어 프로그램 코디네이터들로 구성되어 있었고, 그중 한국인은 Q 선생뿐이었다. 역시 영주권 때문이었을까? 영주권이 없는 사람을 뽑게 되면 학과로서는 몇 만 달러의 추가 비용이 들어간다. 하지만 내 결격 사유는 그것뿐만이 아니었다. 나는 박사도 아니고, 강의 경력이 오래된 것도 아니며, 한국어 강사로서의 능력이 증명되었거나 출중한 것도 아니다. 객관적으로 볼 때 커미티는 합리적인 결정을 내린 것이다. 하지만 나는 Q 선생의 입에서 그 이유를 듣는 것이 두려웠다. 내가 그 자리에 어떻게 적절하지 않은지, 무엇이 부족한지, 아니, 그냥 왜 아닌지.

"오늘은 유난히 커피가 맛있네요."

나는 마침내 크레마가 사라진 컵을 내려놓으며 말했다.

87

처음이자 마지막 학기를 끝으로 나는 한국어 강사 일을 그만두게 되었다. 단지 대학만 떠나는 것은 아니었다. 고용 상태가 유지되지 않으면 합법적인 체류도 계속할 수 없다. 날짜를 따져 보니 계약서에 적혀 있는 계약 종료일은 학교의 가을 학기 공식 종강일이었고, 그건 불과 며칠 남지 않은 날짜 — 12

월 16일 — 였다. 일주일 안에 모든 미국 생활을 정리하고 한국으로 돌아가는 일이 가능할까? 아니면 말로만 듣던 불법 체류자가 되는 걸까? 집으로 돌아오는 버스에서 나는 눈을 감고 이 버스가 광화문으로 가는 150번 버스였으면 좋겠다고 생각했다.

88

'그레이스 피리어드(grace period)'라는 단어를 알게 된 건 교회에 내 사정을 말한 다음이었다. 나에게 미국 생활의 ABC부터 다시 배워야 할 거라고 말했던 나이 많은 장로가, 그레이스 피리어드란 일종의 유예 기간이라는 것을 알려 줬다. 일반적으로 합법적인 체류 기간이 끝나도 생활을 정리하고 출국하는 데 소요되는 60일 정도의 기간을 유예해 준다는 것이다.

"나처럼 이민국에 손 편지를 쓰면 돼. 미국은 그런 게 통하는 나라라고."

장로는 자기도 불법 체류를 오래 하다가 걸려서 추방되기 직전, 이민국에 구구절절 적어 보낸 손 편지 덕분에 공짜로 영주권을 얻게 되었다고 자랑했다. 우리 이야기를 듣고 있던 다른 젊은 교인이 나중에 다가와서 그건 1970년대의 일부 아주 특수한 케이스고 이제는 더 이상 그런 편법이 통하지 않으니 다른 방법을 찾아보는 게 좋겠다고 충고했다. 젊은 교인이 자리를 떠난 뒤 또 다른 누군가는 그녀가 진짜 이민국 직원이라고 말해 주었다.

내 처지를 딱하게 여긴 사람들이 여기저기서 다양한 제안을 했다. 불법 체류가 뭐가 어떠냐고, 자기도 그렇게 버티다 10년 만에 구제되었다면서 자신이 운영하는 세탁소에 와서 일하라고 한 사장님도 있었고, 한국어 교사 자리를 알아봐 줄 테니 어떻게든 F-1 학생 신분만 유지하면서 기다리라고 말한 교민도 있었다. 잘 아는 변호사를 소개해 줄 테니 아예 이참에 영주권을 신청하라는 사람, 시민권 가진 여자를 만나 빨리 결혼하라는 사람, 각종 소개팅이며 중매를 해 주겠다는 사람, 학교 커미티가 신분에 따른 차별을 한 거라며 언론에 이 사례를 공론화하라는 사람…….

그럴수록 나는 이 그레이스 피리어드가 자꾸만 그레이스, 피리어드처럼 들렸다.

은혜, 마침표.

89

교회를 빠져나오는 길에 옆쪽 벽에 걸려 있는 현수막 문구가 눈에 들어왔다. 365일 붙어 있던 거였는데도 새로 발견한 것처럼 새삼스러웠다. 나는 문구를 소리 내어 읽었다.

Many Cultures. One Language. Love.

마지막 단어 때문이었을까? 은혜의 말이 떠올랐다.

거기는 낮이겠네. 여긴 밤이고, 니가 볼 땐 어제야. 있잖아, 니가 미국에 간 뒤로는 항상 마음이 편치 않았는데 그 이유를 오늘에서야 알겠어. 내가 늘 과거에 남겨지는 느낌이라서 그랬나봐. 넌 어느새 저만큼, 미래에 가 있는데. 과거의 목소리는 여기까지만 듣는 걸로 해.

나는 갑자기 뭔가 생각나서 핸드폰을 꺼내 세계 시간을 찾았다.

[서울, 내일 +13시간.]

은혜가 틀렸다. 서울의 시간은 뉴욕보다 늦지 않다. 오히려 열세 시간이나 빠르다.

서울은 뉴욕의 미래다.

90

망설이다 지혜에게 전화를 걸었다.

—그래서 곧 들어가야 할 것 같아. 정리……할 시간을 조금만 줘.

'정리'라는 단어를 말할 때 목소리가 조금 떨려 나왔다. 예상과 달리 지혜는 보채거나 꾸짖지 않았다.

—후회 없겠어? 그냥 들어와도?

—그건 지나 봐야 알겠지.

—천천히 잘 생각해 보고 방법을 찾아봐. 엄마 옆엔 내가 있으니까.

지혜의 한숨 소리가 태평양을 건너왔다.

—오빠가 후회하지 않을 선택을 해.

91

고민 끝에 크리스마스 지나서 귀국하기로 결정했다. 성수기라 비행기 표도 비싸고, 당장 한국에 들어간다고 해서 뾰족한 수가 생기는 것도 아니니까. 미국에서의 세 번째이자 마지막 성탄절을 맞는 기분은 묘했다. 그리고 당연한 이야기지만 성탄절에는 아무런 일도 일어나지 않았다. 나는 성탄 예배를 드리고 집에 와서 이런 짧은 소설을 썼다.

머니 크리스마스
Money Christmas

몇 년 전 일이지만 아직도 그날을 생생하게 기억하는 건 추위 때문이다. 뉴욕 맨해튼의 칼바람이야 원래부터 악명 높지만, 그날은 보통 벼린 칼이 아니었다. 밖에 5분만 서 있어도 귀가 싹둑 잘려 나갈 것만 같은 바람이 빌딩 사이를 지날 때마다 자객처럼 덮쳐 왔다. 뛰다시피 걸어 도착한 학과 사무실에 논문 최종본을 제출하고, 홀가분한 마음에 1층에 있는 카페에서 몸도 녹일 겸 라테를 한 잔 주문한 것이 실수라면 실수였다. 거리가 보이는 통유리 앞에 앉아 따뜻한 커피를 마시고 있노라니 몸도 마음도 라테 거품처럼 폭신해지는 느낌이었다. 미국의 많은 카페가 그렇듯 귀퉁이 천장 쪽에 설치된 평면 TV에서는 뉴스가 흘러나오고 있었는데, 대략 자막으로 추정해 보건대 관광객을 대상으로 한 범죄가 할렘에서 미드타운으로 내려오는 추세라는 내용이었다. 논문 최종본을 내는 시점에서도 이 나라 뉴스 앵커의 말을 100퍼센트 이해할 수 없다는 사실에 나는 약간의 자괴감을 느끼며 남은 커피를 홀짝거렸다. 이곳에 몇 년을 살았어도 나는 여전히 관광객이나 다름없는 대접을 받았고,(그들 입장에서야 다를 게 뭐겠는가.) 그게 때론 몹시 억울하게 느껴지기도 했다. 하지만 그날 든 생각은 정반대의 것이었다. 오늘 하루쯤은 관광객으로 살아도 좋겠다는, 뭐 그런 생각. 따지고 보면 그동안 학위를 따기 위해 제대로 된 뉴욕 관광 한번 한 적이 없었다. 스스로를 관광객이라고 생각하니 마음에 없던 여유가 생겼다. 자연스레 유리창 너머 거리 풍경과 지나가는 사람들에게도 관심을 기울이게 되었는데, 뭔가 평소와는 다르다는 인상을 받았다. 지나치게 반짝거리는 상점들의 장식이나 들뜬 분위기, 행인들 얼굴에 내려앉은 가벼운 흥분 같은 것들이 눈에 들어왔다. 그러고 보니 아까부터 카페 안에 흐르던 노래는 죄다 캐럴이었다. 나는 핸드폰을 꺼내 버튼을 누르고서야 알게 되었다. 오늘이 크리스마스이브라는 사실을. 나는 논문 제출 기한이었던 'December 24'를 한 번도 크리스마스와 연관시키지 않은 나 자신의 기계적인 해석 능력에 좌절했다. 그리고 곧 오랜 시간 마음의 짐이었던 논문을 끝낸 이상, 오늘만큼은 뭔가 '인간답고 의미 있는' 일을 해야겠다는 생각을 했다. 그게 두 번째 실수였다.

일단 그런 목표를 세우자 어디로 가야 할지는 쉽게 정해졌다. 맨홀맨. 집으로 가는 42가 버스 터미널 근처 골목에서 늘 마주치는 사내였다. 키가 크고 덩치가 상당한 데다 흑인 중에서도 얼굴이 아주 검은 편인 그는 늘 맨홀 위에 서 있거나 앉아 있었다. 그게 내가 그를 맨홀맨이라고 부르는 이유였다. 그는 홈리스임이 분명했지만 대개 웃고 있었고 이따금(무슨 이유에선지 알 수는 없었지만) 행복해 보이기까지 했다. 그에게 가서 돈을 좀 주면 어떨까. 내 주머니 사정도 있으니 너무 많이는 말고 20달러만. 그걸로 무슨 도움이 되겠냐고 힐난하는 사람이 있을지 모르지만, 20달러는 유학생인 나에게 결코 적은 돈이 아니었다. 받는 쪽에서도 사치를 부리진 못해도 한 끼 식사 값으로는 충분할 것이다. 살면서 한 번도 모르는 누군가에게 돈을 주어 본 적 없는 나다. 그 정도면 충분하다고 생각했다. 돈을 주는 것이 과연 '인간답고 의미 있는' 일인지를 반문하는 사람들에겐 뭐라 말해야 할까? 짧게 줄이자면 나는 따뜻한 마음이니, 내면의 사랑이니 하는 것을 믿지 않았다. 내가 그를 찾아가서 포옹을 하고 축복의 말을 하면 그의 배고픔이나 추위가 사라질까? 그럴 리 없다. 당장 눈앞의 사람에게 직접적이고 물리적인 도움을 줄 수 있는 도구는 오직 돈뿐이다. 돈으로 살 수 없는 것은 나도 그에게 줄 수 없다.

지하철에서 내려 지상으로 올라오자 그가 상주하는 골목이 눈에 들어왔다. 나는 지갑을 꺼내 20달러짜리 지폐를 꺼

냈다. 애석하게도 한 장뿐이라 더 주고 싶어도 그럴 수가 없었다. 지폐를 작게 접어 오른손에 쥐고 잠시 그와 마주하는 장면을 상상했다. 그래도 한마디도 안 할 순 없지. 먼저 악수를 청한 다음, 그가 손안의 지폐를 감지하고 놀라는 순간 메리 크리스마스라고 인사하고 돌아서야겠다고 생각했다. 그 정도면 꽤 그럴듯한 크리스마스 선행이었다. 모든 준비를 마친 나는 그가 있는 골목을 향해 걷기 시작했다. 걸을수록 몸이 떨렸는데, 추워서인지 긴장해서인지 분간이 되지 않았다. 마침내 골목 입구에 다다랐을 때, 오른쪽으로 맨홀 근처 벽에 붙어 앉아 있는 그가 눈에 들어왔다. 너무 찬 바람이 불어와 이가 덜덜 떨려 부딪혔다. 나는 계획대로 그에게 다가갔다. 나를 발견한 그는 추워 죽겠다는 표정으로 바라보다가, 내가 계속 자신을 향해 걸어오자 엉거주춤하게 일어섰다.

"하이."

나는 어색하게 인사를 건네며 손을 내밀었다. 그는 내 행동을 이해하지 못한 듯 나와 내 손을 번갈아 빤히 쳐다봤다. 그사이 다시 바람이 불었고, 덕분에 손가락 사이에 끼워 놓은 지폐가 바닥에 떨어지고 말았다. 나는 재빨리 20달러짜리 지폐를 주워 그에게 내밀었다. 사내는 그제야 상황을 이해한 듯 지폐를 받아 펴더니 말했다.

"오 마이 갓! 고맙네, 친구."

나는 아무 대꾸도 하지 못하고 곧바로 돌아서 골목을 빠져 나왔다. 뒤에서 그가 큰 소리로 뭐라고 이야기하는 게 들렸다. 큰길로 나오고 나서야 그에게 메리 크리스마스,라고 인사하지 못한 게 떠올랐다. 아직도 영어 울렁증이 있는 건가. 긴장하면 발음이 틀리는 건 예사고 어순이며 단어, 억양까지 모든 게 엉망진창이었다. 그중에서도 가장 억울한 건 이렇게 하고 싶었던 말을 하지 못하는 거였다. 모든 게 생각대로 되지 않았다. 나는 뿌듯함과 찝찝함이 뒤섞인 이상한 감정에 사로잡혔다. 어서 빨리 집에 가고 싶은 마음뿐이었다.

집으로 가는 버스를 타기 위해 타임스스퀘어를 지나는데 갑자기 키 작은 흑인 셋이 나를 둘러쌌다. 보아하니 관광객들에게 CD를 파는 사기꾼들이었다. 공짜라고 해서 일단 손에 쥐여 준 다음 한 장에 20달러라고 겁을 줘서 돈을 뺏는 수법. 재수가 없다 싶었다. 그들은 백팩까지 매고 있는 나를 관광객으로 생각했는지 실실 웃으며 나를 에워싼 채로 걸었다.

"CD? CD? 힙합 좋아하지?"

"차이나? 재팬?"

나는 무시하며 그들 사이를 빠져나가려고 했지만, 마음대로 되지 않았다. 그런데 어느 순간 뒤에서 누군가 백팩을 잡아끄는 게 느껴졌다. 그 밑으로 둔탁한 뭔가가 나를 찔렀다. 순간 온몸에 소름이 끼쳤다. 총인가? 그러자 몸이 굳었다. 내일 자 한인신문 1면에 비극의 주인공으로 소개되고 싶지는 않았다. 그들은 내 몸 방향을 180도 돌리더니 뒤에서 밀고 양옆에서 끌다시피 하며 왔던 길을 되돌아갔다. 아까 뉴스에서 본 장면들이 머릿속으로 빠르게 스쳐 지나갔다. 관광객을 대상으로 한 범죄가 할렘에서 미드타운으로…… 이들은 CD를 파는 척하는 범죄자들인가? 심장이 뛰고 머릿속이 하얘졌다. 그들은 나를 인적이 뜸한 골목으로 데려갔다. 아까 맨홀맨이 있던 곳 근처였지만, 그는 사라지고 없었다.

마침내 나를 골목 안으로 집어넣은 그들은 내 앞에 둘, 뒤에 하나가 서서 빠져나가지 못하게 했다.

"이봐, 우리가 돈이 좀 필요해서."

처음 CD를 내밀던 흑인이 기분 나쁜 웃음을 지으며 말했다. 옆에 서 있던 흑인은 내가 말을 못 알아듣는다고 생각했는지, 주머니에서 1달러짜리 지폐 하나를 꺼내 내 눈앞에서 흔들었다.

"이거 보여? 돈 달라고. 머니!"

뒤에 서 있던 흑인은 말없이 내 백팩을 열고 지갑을 찾아냈다. 거긴 아무것도 없어. 그리고 난 관광객 아냐. 말하고 싶었지만, 입이 떨어지지 않았다. 아니나 다를까 툭, 소리가 나서 돌아보니 녀석은 빈 지갑을 땅에 던져 버린 후였다. 바람이 불었지만 나는 더 이상 춥지 않았다. 등 뒤로 식은땀이 흐르고 있었다.

앞쪽에서 맨홀맨이 나타난 건 그때였다. 그는 식당이나 마트에서 포장할 때 흔히 주는 갈색 종이백을 들고 있었는데, 입으로 그르렁거리는 것 같은 소리를 냈다. 한 번도 보지 못한 굳은 표정의 그는 종이백 속으로 손을 넣더니 앞쪽 둘을 겨냥했다. 나는 혼란스러웠다. 어쩌면 그는 홈리스가 아니었던 걸까? 사복 경찰, 아니면 정부의 비밀 요원이라도 되는 걸까? 맨홀맨은 나지막한 목소리로 말했다.

"꺼져."

그러자 키 작은 흑인 셋이 슬금슬금 나를 지나쳐 골목 반대쪽으로 걷기 시작했다. 처음에는 걷다가 곧 전력을 다해 뛰었다. 그들 모두가 사라지는 데는 얼마 걸리지 않았다.

"땡큐."

그들이 사라지고도 한참 후에야 나는 맨홀맨에게 겨우 그 한 단어를 말할 수 있었다. 그는 씩 웃더니 내게로 가까이 다가왔다. 나는 다리에 힘이 풀려 벽에 기댄 채 그대로 주저앉았다. 그는 종이백을 들고 내 옆에 앉았다. 그가 종이백을 여는 순간 나는 잠시 심호흡을 했다.

"샌드위치 좋아해?"

종이백 안에 들어 있는 것은 기다란 서브웨이 샌드위치와 커피였다. 나는 맥이 풀렸다. 그는 능숙하게 샌드위치를 꺼내 반으로 나누더니 한쪽을 나에게 내밀었다. 나는 본능적으로 아까 하지 못한 인사를 해야겠다고 생각했다. 메리 크리스마스. 그런데 입에서 나도 모르게 다른 단어가 튀어나왔다.

"머니 크리스마스."

내가 채 말을 정정하기도 전에, 맨홀맨이 살짝 미소를 지으며 답했다.

"머니 크리스마스."

나는 어쩔 수 없이 대답 대신 그가 건넨 샌드위치를 한 입 깨물었다. 후추가 뿌려진 머스터드소스가 알싸하게 코끝을 울렸다.

92

물론 여기 등장하는 맨홀맨이나 3인조 흑인 강도 같은 건 진짜가 아니다. 내가 실제로 경험한 것은 작년 크리스마스에 학교 근처 노숙자에게 20달러를 주었던 일뿐. 그는 고맙다며 내 손을 굳게 잡았고, 그때 나는 그의 손이 너무 두껍고 거칠어서 조금 당황했었다. 나는 왜 그 현실 그대로를 소설로 옮기지 못했을까? 누군가의 이야기가 서사가 되기 위해서는 '극적이고' '놀라우며' '그럴듯한' 요소들이 들어가야 한다는 생각 때문일까? 이를테면 플롯이나 개연성, 복선과 반전 같은? 그건 혹시 편견이나 선입견이 아닐까? 삶은 평범하고 소설은 특별하다는 고정 관념만큼이나 해로운 것은 아닐까? 현실과 소설 사이에는 대체 어떤 벽이 세워져 있기에?

나는 자주 가던 대형 인터넷 커뮤니티에 [미니픽션]이라는 말머리를 달아 이 소설을 올렸다. 새로운 전자 제품과 연예계 가십, 정치 이슈들 사이에서 내 소설은 (예상대로) 아무런 반응 없이 금방 뒤 페이지로 밀려났다. 마침내 딱 하나의 댓글이 달렸는데, 그걸 확인하고 나는 뭔가를 들킨 기분이었다.

미국 섭웨이가 한국보다 더 맛있나여???

93

뜬금없이 애덤 홍에게 이메일이 왔다. 격식이나 '다름이 아니라……' 같은 마법의 단어는 없었다. 단도직입. 그러고 보니 그는 자신의 어머니를 닮은 것도 같았다. 요지는 어머니의 생일을 맞아 한국어로 편지를 쓰고 싶은데, 자신이 쓴 내용을 봐 달라는 거였다. 수업 때 말 안 듣고 속을 썩인 학생들이 수업 후에도 더 많은 것을 요구한다. 게다가 나는 이제 미국에 머물 날이 며칠 남지 않은, 이 사회에서 애덤보다 훨씬 더 '존재하지 않는' 존재다. 내가 여기에 꼭 답을 해 줘야 하나?

모범생으로서의 의무감으로 나는 다시 찬찬히 그의 이메일을 읽는다. 애덤이 어머니에게 쓴 편지의 영문 초안을 보니 그의 아버지는 이혼 후 9·11 테러로 목숨을 잃은 모양이다. 그는 아버지를 추억하며 어머니에게 위로의 말을 건넨다. 나는 그가 이걸 굳이 한국어로 바꾸지 않아도 괜찮겠다고 생각한다. 바꿀 필요도 없고, 바꿀 수도 없다.

마지막에 그는 사진을 한 장 첨부했는데, 그건 무너진 월드 트레이드 센터 앞 세인트 폴 성당에 세워진 묘비다. 월스트리트로 가는 길에 자리 잡은 그 성당에는 나도 가 본 적이 있다. 2001년 9월 11일 길 바로 건너편의 쌍둥이 빌딩이 무너졌을 때, 같이 무너지거나 훼손된 주변 건물들과 달리 유리창 하나 깨지지 않고 온전하게 남은 것으로 유명해진 성당. 누군가의 말로는 성당으로 날아든 수 톤의 잔해들을 마당에 심긴 나무들이 막아 주었기 때문이라고 했다. 내무반에서 텔레비전으로 사고 뉴스를 보며 취소된 휴가를 걱정하던 상병 문지혁으로서는 알 수 없던 일이다.

애덤이 보낸 사진을 다운로드한다. 패잔병처럼 흐트러진 묘비들 사이로 햇빛이 비친다. 잔해를 막아 주었던 무성한 나무 때문인지 빛은 섬처럼 군데군데 흩어져 있다. 초점이 맞은 곳에는 잿빛 묘비가 하나 서 있는데, 거기엔 'THEY ARE IN

PEACE'라는 문장이 새겨져 있다. 아마 애덤은 어머니에게 그 말을 하고 싶었던 것 같다.

나는 하나의 문장만을 한국어로 옮겨 적는다.

엄마, 아빠는 안녕해요.

94

W에게 전화를 걸었다. 그는 지난번보다 한결 밝은 목소리로 언제 놀러 올 거냐고 물었다. 윈터 리세스 기간이잖아? 그는 뉴햄프셔에서만 할 수 있는 일들에 관해 알려 주었다. 이를테면 뉴햄프셔의 소비세는 0퍼센트라서 노트북 같은 비싼 물건을 사기 좋다는 점이나, 학교 후문 쪽 다리는 뉴햄프셔와 버몬트 사이에 걸쳐 있어서 주 법에 따라 다리 절반까지는 다이빙이 불법이고 절반 이후에는 합법이라는 것, 요즘 요트 타기에 취미를 붙여서 내가 가면 함께 호수에서 요트도 타고 바비큐도 하자는 이야기…… W의 말을 넋 놓고 듣고 있다가 하마터면 내 처지를 잊어버릴 뻔했다.

나는 W에게 곧 미국을 떠나야 한다고 말했다.

—넌 어디서든 잘할 거야. 행운을 빌어.

침묵 끝에 W가 대답했다.

95

아야에게는 전화하지 못했다. 대신 그녀가 준 CD를 저녁마다 다이닝 룸에 틀어 놓았다. 창을 활짝 열고 붉게 물들어 가는 하늘을 바라보며 고타로 오시오의 기타 연주를 듣고 있노라니, 갑자기 모든 것이 다 괜찮아질 거라는 근거 없는 희망이 들기도 했다.

밖이 완전히 어두워질 때까지 몇 번이고 되풀이해 듣던 3번 트랙의 제목은 「君がくれた時間」이었다. 잠들기 전 갑자기 뜻이 알고 싶어져서 핸드폰 번역기에 가져다 댔더니 3초 만에 해석을 해 주었다.

당신이 내게 준 시간.

96

2012년의 마지막 밤에도 산책을 나섰다. 주변 집집마다 마당에 산타클로스며 성모 마리아 상, 아기 예수 인형 같은 것들을 화려하게 장식해 놓았는데, 크리스마스가 지나서인지 그것들은 조금 쓸쓸해 보였다. 늘 돌던 잉글우드클리프 쪽 길로 올라가자 빛나는 LED등이나 장식은 적어지고 어둠과

고요가 그 자리를 대신했다. 저택들은 누군가의 생일도, 누군가의 죽음도 축하하거나 애도할 필요를 느끼지 못하는 것 같았다.

가로등이 닿지 않는 길 한가운데 서서 습관처럼 어둠을 노려보다가, 나는 무언가 움직이는 기척에 놀라 뒤로 넘어질 뻔했다.

사슴이었다.

성별과 나이를 짐작할 길 없는 그 사슴은 어둠에서 몇 발짝 걸어 나와 나를 바라보았다. 나는 무언가 들킨 기분으로, 아니 홀린 기분으로, 한참 동안 사슴과 마주 보고 서 있었다. 사슴을 만났을 때 어떻게 해야 한다고 말해 준 사람은 아무도 없었다. 선명한 어둠과 희미한 빛이 만나는 그곳에서, 낯선 동물과 나는 어떤 대화를 나눈 것만 같다. 영원히 알 수 없고, 영원히 기억나지 않는.

잠시 후 나는 몸을 돌려 천천히 언덕을 걸어 내려왔다. 평지에 이르러 언덕을 올려다보았을 때, 거기엔 아무것도 없었다.

97

가구와 살림살이, 짐을 정리한다. 먼저 교회를 중심으로 아는 사람들에게 필요한 물건을 주고, 남은 물건은 '헤이코리안' 이나 '크레이그리스트' 같은 사이트에 올려 중고로 판 다음, 최종적으로 남겨진 것들은 아무나 가져갈 수 있게 동네의 재활용품 버리는 곳에 가져다 놓는다. 2010년형 폴크스바겐 골프는 가장 높은 가격을 부른 중고차 딜러에게 넘긴다. 1만 8000달러에 샀던 차가 8900달러에 팔린다.

처음 미국에 올 때 내가 들고 온 짐은 남대문에서 산 바퀴 달린 검은색 이민 가방 두 개에 모두 들어 있었다. 짐을 정리하고 보니 다시 이민 가방 두 개만 남았다.

98

2013년 1월 7일 월요일 아침, 한인 택시를 불러 JFK 공항으로 향했다. 팁까지 얹어 남은 달러 거의 전부를 기사 아저씨에게 주고 나니 비로소 돌아간다는 게 실감이 났다. 아직 해지하지 않은 미국 핸드폰으로 롤리의 사촌 누나에게 전화가 왔다. 그래도 얼굴은 좀 보고 가지. 전화를 끊고서 나는 둘째 조카가 할 법한 말을 상상했다. 삼촌가 리브했어. 삼촌가 코리아 갔어.

수속을 마치고 탑승을 기다리고 있는데 게이트 주변이 시끌시끌했다. 연예인이라도 오는 건가 싶어 일어나 보니 아담한 뒷모습을 지닌 동양 남자가 일등석 입구 앞에 서 있었다. 거구의 흑인 보디가드들 사이에서 희미하게 웃고 있는 남자의 정체는 싸이였다. 「강남 스타일」이 미국에서도 폭발적인 인기를 끌던 시절. 뉴스에서 본 것처럼 새해를 맞는 타임스스퀘어 볼 드롭 행사에서 「무한도전」 멤버들과 함께 자신의 한국어 히트곡을 부르고 돌아가는 모양이었다. 멀리서 그를 바라보며 나는 이제 세계에서 가장 유명한 한국어는 '강남'일 거라고 생각했다.

마침내 탑승이 시작되고, 일등석 표를 가진 승객들부터 게이트로 들어가기 시작했다. 이코노미석 탑승 줄에 서서 멀어져 가는 싸이의 뒷모습을 바라보다가 나는 핸드폰을 꺼내 그 장면을 사진에 담으려 했다. 그때 오락가락하던 공항 와이파이에 다시 연결됐고, 지혜에게서 메시지가 도착했다. 푸른색 아이메시지 속에서 나는 내가 사랑했던 모국어의 단어 하나를 영원히 잃었음을 알게 되었다.

작가의 말
—강의 평가를 대신하여

이 소설은 2019년 6월부터 8월까지 독서실에서 썼다. 6월에는 주로 구상을 했고 7월에는 허리가 아파 누워 있었고 대부분은 8월에 썼다. 작업실이 없고 집에서는 쓰기 어려워 생각해 낸 방법이 바로 근처 독서실에 다니는 거였다.

22년 만에 다시 찾은 독서실은 이제 아무도 독서실이라고 부르지 않았다. 그곳은 '스터디 카페'였고 예전과는 이름부터 조명까지 모든 것이 다른 공간이었다. 매일 자리를 고를 때마다 키오스크에서는 새로운 네 자리 비밀번호를 부여했다. 그 번호가 마치 복권의 번호라도 되는듯 나는 커다란 기계에서 독서실 입구까지 걸어가는 몇 발자국 동안 네 개의 숫자를 잊지 않으려고 되뇌었다. 달력에 표시한 바로는 열네 번 출석이 목표였지만, 실제로는 하루에 여섯 시간씩 총 열 하루를 출석했다. 500매짜리 초고를 완성하니 8월이 끝나 있었다.

나는 소설이 꾸며 낸 이야기라는 말을 믿지 않는다. 소설은 삶을 반영한다는 말도 믿지 않는다. 소설은 삶보다 작지 않고, (글자 수도 두 배나 많다.) 소설이 삶에 속한 게 아니라 삶이야말로 우리가 부지불식 간에 '쓰고 있는' 소설이라고 믿기 때문이다. 나는 우리가 우주와 영원히 써 내려가는 거대한 소설의 일부임을 망각하고 있을 뿐이라고 믿는다. 소설을 쓴다는 건 일종의 '다른 이름으로 저장하기' 버튼을 누르는 행위이며 그 순간부터 우리의 삶과 소설은 둘로 갈라져 다른 이름으로 저장된다. 이 소설에 등장하는 모든 인물과 사건과 상황은 허구이지만, 동시에 이 평행 우주에 저장된 모든 것은 그들만의 방식으로 진짜가 아닐 리 없다.

어쨌든 이번에도 새삼 깨달은 것이 있다면, 소설은 혼자 쓰지만 책은 함께 만든다는 사실이다. 투박했던 원고를 근사한 책으로 만들어 주신 민음사와 편집자 김세영 님께 감사드린다. 함께 일했던 선생님들과 그 시절의 나를 선생으로 받아준 학생들에게 감사한다. 네이버 오디오클립 관계자 여러분과 소설이 낭독 연재되는 동안 응원해 주신 많은 분들에게 감사한다. 사랑하는 부모님과 동생, 친구와 동료들, 그리고 아내와 채윤에게 감사한다.

소설을 쓰는 동안 나는 처음으로 영원히 쓰고 싶다는 느낌을 이 세계 안에서 받았고, 그건 무엇과도 바꿀 수 없는 선물처럼, 카버 식으로 말하자면 '형광등 불빛 아래 쏟아지는 햇빛처럼' 느껴졌다. 여기에 무엇을 더할 수 있을까?

그걸로 충분하다.

추천의 글

이장욱(시인, 소설가)

『초급 한국어』는 평소에 소설을 읽지 않는 독자라도 아무런 장벽 없이 몰입하여 읽게 만든다. 그것은 이 소설이 지닌 뛰어난 가독성과 에피소드들의 감칠맛 덕분이기도 하고, 작가와 주인공의 거리가 가까워 손에 잡힐 듯한 실감을 선사하기 때문이기도 할 것이다.

이 소설은 미국의 대학에서 초급 한국어를 가르치는 한국인 청년의 애환을 담고 있지만, 우리 모두가 '초급 인생'의 '초급 언어'를 배우는 중이라는 사실을 절실하게 느끼게 만든다. 영어와 한국어, 미국과 한국, 서구 문화와 한국 문화 사이에 끼어 헤매는 주인공은 작가의 분신이 되어 실제와 허구 사이를 넘나든다.

그간 『체이서』, 『비블리온』 등 매력적인 SF를 주로 써 온 작가의 이력에 비추어 볼 때, 문화적 경계선에 서 있는 캐릭터의 지극히 현실적인 상황과 내면적 성장이 도드라지는 이 작품은 작가로서는 이색적인 시도임에 틀림없다.

전통적 의미의 성장소설은 아니지만, 이 소설은 우리의 언어를 타인의 눈에 비추어 보게 하고, 그럼으로써 우리 자신을 돌아보게 하고, 마침내는 아릿한 아픔을 남기며 삶과 세계를 성찰하게 만든다. 어쩌면 우리는 책을 덮으면서 서로에게 이런 질문을 던지게 될지도 모른다. Are you in peace? 당신은 평화 속에 있습니까?

추천의 글

박민정(소설가)

『초급 한국어』의 액체근대는 말 그대로 물렁물렁하고 가변적인 세계이다. 한국어는 제1세계로 진출했으나 그만큼 물화되었고, 세계화 시대의 새로운 노동자들은 세련된 화법과 세계시민의 품위를 가졌으나 딛고 선 땅에 발자국 하나 남기지 못할 만큼 불안정하다. 너는 아마도 너희 학교의 천재일 테지, "살다 보면 다 똑같다". 그러나 그럼에도 "살아 내려는 비통과 어쨌든 살아남겠다는 욕망"*이 새 시대의 지형지물에서 어떤 유머로 표현되는지 이 작품은 기념비적으로 보여 준다. 여기, 한국어 강사가 그토록 고민하는 한국어 커리큘럼이 다채롭게 담겨 있다. 외국어로서의 모국어를 강의하는 꿈 많은 이주 노동자는 지금 어떻게 되었을까? 코로나 19는 그의 꿈을 훼손

하지 않았을까? 서정인의 소설과 레이먼드 카버를 연상케 하는 단편이 뒤섞이는 뉴 월드, 우리는 바로 이 시대가 신세계라고 착각하는 시대착오적 독자들이다.

---

* 허수경, 「먹고 싶다...」, 『혼자 가는 먼 집』(문학과지성사, 2000)

오늘의
젊은 작가
30

초급 한국어

문지혁 장편소설

1판 1쇄 펴냄 2020년 11월 27일
1판 9쇄 펴냄 2024년 4월 29일

지은이 문지혁
발행인 박근섭·박상준
펴낸곳 (주)민음사

출판등록 1966. 5. 19. 제16-490호
주소 서울시 강남구 도산대로1길 62(신사동)
강남출판문화센터 5층(06027)
대표전화 02-515-2000 | 팩시밀리 02-515-2007
홈페이지 www.minumsa.com

ISBN 978-89-374-7330-2 (04810)
ISBN 978-89-374-7300-5 (세트)

당신이 소장해야 할 한국문학의 새로움, 오늘의 젊은 작가 시리즈

01 아무도 보지 못한 숲　조해진
02 달고 차가운　오현종
03 밤의 여행자들　윤고은
04 천국보다 낯선　이장욱
05 도시의 시간　박솔뫼
06 끝의 시작　서유미
07 한국이 싫어서　장강명
08 주말, 출근, 산책 : 어두움과 비　김엄지
09 보건교사 안은영　정세랑
10 자기 개발의 정석　임성순
11 거의 모든 거짓말　전석순
12 나는 농담이다　김중혁
13 82년생 김지영　조남주
14 날짜 없음　장은진
15 공기 도미노　최영건
16 해가 지는 곳으로　최진영
17 딸에 대하여　김혜진
18 보편적 정신　김솔
19 네 이웃의 식탁　구병모
20 미스 플라이트　박민정
21 항구의 사랑　김세희
22 두 방문객　김희진
23 호재　황현진
24 방콕　김기창